Etti Ruhöfer-Mentges

# Watt soll dä Quatsch

Ruhrpöttisch – oder watt?

BoD Verlag

Books on Demand

2015

Bibliographische Information der Deutschen Nationalbibliothek: Die Deutsche Nationalbibliothek verzeichnet diese Publikation in der Deutschen Nationalbibliographie, detaillierte bibliographische Daten sind im Internet über http://dnbdnb.de abrufbar.

© Edith Ruhöfer 2015

Titelbild und Zeichnungen: Kurt Ruhöfer
© Edith Ruhöfer 2015

Herstellung und Verlag
BoD – Books on Demand – Norderstedt

ISBN: 9783739208626

**Inhaltsverzeichnis:**

| | |
|---|---|
| De Zeit is nich mehr datt, watt se ma wa | 5 |
| Datt krisse kaum in dä Kopp... | 7 |
| Dä letzte Kampf von uss Henry | 12 |
| Besuch bei Adele | 17 |
| Oma, dä Schreck vonne Karl Lehr-Straß | 23 |
| De Gewöhnung isset | 28 |
| Ja, Matthes, getz kuckse dumm... | 31 |
| Und datt an Silvester... | 34 |
| Watt macht datt denn schon? | 39 |
| Zockerrunde | 41 |
| Da steckt mein Herz drinne | 45 |
| Auße Fotokiste | 48 |
| Witz | 50 |

| | |
|---|---|
| Watt is dich lieber | 51 |
| Wennet et doch gut tut | 54 |
| Wenner doch nur nich immer ausrasten tät! | 60 |
| Von... An... | 62 |
| Weihnachtseinkauf | 64 |
| Wennet einen trifft | 69 |
| Datt, watt für dä Mann so wichtich is | 72 |
| Freitach, und de Muse kitzelt... | 74 |
| Blutrache | 75 |
| Getz brat mich doch einer en Storch! | 78 |
| Getz muss ich watt von en Freund erzählen | 82 |
| Ja, ja, die Verwandtschaft... | 84 |
| Außen Clubleben | 86 |
| Discoabend | 87 |
| Clubausfluch | 91 |
| Datt is noch echte Musik | 92 |
| Hallo, Leute | 94 |
| Auße Presse | 97 |

# De Zeit is nich mehr datt, wattse ma wa

Ich find, datt sich de Zeit orntlich vaändert hat und unheimlich schnell an vagehen is. Und je älter datte bis, je schneller geht se um, datt bisken, datte noch has.
Alze klein was, ging allet viel zu langsam, da wurze und wurze einfach nich erwachsen, wodet doch so schnell sein wolz. Abba datt is in Alter anders gewoden...
Watt sind denn heut noch zwölf Monate? Kaum is datt Jahr angefangen, zappzarapp, schon iss de Hälfte widda um. Und de andere Hälfte von datt Jahr geht dann genauso schnell um wie datt de

erste Hälfte schon iss. Als wenne dä Berch an runterfahren wärs, is datt – immer schneller und schneller. Eh de dich vasiehs, stehse sozusagen vor die Ausmusterung. Irgenzwann werden datt alle merken. Datt is nu ma dä Lauf von datt Leem. Und wie se sich vaändert hat, de Zeit. De Jungen merken datt nich, die wachsen ja mit se. Abba de Alten!!

Watt wa datt doch früher schön. Wennze da ma fürn Vatter watt kaufen wolz, en Sonntachsanzuch oder sonzwatt, gings dahin, wo „Herrenbekleidung" übern Eingang stand. Und egal watte brauchtes,

ob ne Windjacke, oder fürn Sommer en sportlichet Sakko, de Vakäufer ham dich vastanden und du hass de Vakäufer vastanden.

Heut isset doch so, wennze ma en neuen Zwirn brauchs, wie ich neulich für mein Matthes. Da steht nich mehr über die Tür Herrenbekleidung, nä, da steht getz „Men's Wear" oder watt anderet Englischet. Und ene Windjacke, heißt getz „Windbraekers", und en sportlichet Sommer-Sakko heißt „sportivet Jackets in Summer-Styling". Vonne Vakäufer krisse dann en mitleidigen Blick, weilze deutsch sprichs.
Muss datt denn sein? frach ich mich.
Da wirse doch, wennze alt bis, ganz ramdösich, weilze manchma nich mehr weiß, in watt von Land de eintlich bis. Und dann die Technik. Gegen die hab ich ja nix. Fortschritt muss ja sein. Abba vasuch doch nur ma ne Gebrauchsanweisung zu lesen, oder mach, wennze alt bis ma en Computerkurs, willz ja auch auffen Laufenden sein. Nix is in Deutsch. Unsere schöne Sprache is total vaenglischt.
Watte heut, nur rein technisch gesehn, für datt ganz nomale Leem brauchs, watte dafür allet in dä alte Kopp kriegen solls, datt geht auf keine Kuhhaut. Et is ne Qual wennze mit se gehn wilz – mit de Zeit, mein ich, und wennze mitreden willz. Vadammich noch ma! datt Leem is echt problematisch geworden...

# Datt krisse kaum in dä Kopp…

Jedenfalls bin ich getz endlich drin! – In Internet, mein ich. Hätt ich doch nie gedacht, datt ich datt aufen alten Tach noch in mein Kopp rein kriegen tu. Viele sagen ja, datt son Computer watt schlimmet is. Naja, einfach iset nich, abba watt ich bis getz von die Technik vastanden hab, find ich supa. Zugegeben, de grauen Zellen machen da schon manchma Probleme. Und mein Matthes geht mich auch ganz schön auffen Wecker. Imma wenn ich ma watt nich finden tu, sacht dä: „Ohne Kurs schaffse datt nie."
Ja, mitte Theorie habbet ich et eben nich so. Praktisch klappt datt abba schon. Und dann bin ich ja auch nich so wie mein Matthes, von wegen 'Fragen nee, lieber valofen'. Ich frach mich durch bei Nachba Harm. Richtich heißt dä Harm ja anders, abba watt so die richtigen Computer-Heinis sind, die geben sich so komische Namen. Brauch ja nich jeder wissen, mit wemer vakehren tut und so, ne?

Also, Nachba Harm tut mich datt allet ganz toll erklären, und so anschaulich. Und en bisken davon behalt ich soga.

En „Explorer", sacht Harm, is sozusagen datt Surfbrett mit datt man durch datt weltweite Datenmeer surfen kann. Datt vasteh ich schoma. Und en „Provider", sachter, is en Vasorger dä datt Internet mit Daten vasorcht.

Ha! genau wie mein Matthes, der vasorcht mich ja auch, abba nich mit Daten, nää, mit Kohle. Dann is dä also mein Provider, denk ich ma, oder?

Schade, datt dä sich nich für Computer interessieren tut. Dä nimmt sich lieber sein Explorer und surft anne Nordsee.

Pö! anne Nordsee, ää! Dä müsste doch eintlich, wenner nur anne Nordsee rumsitzen tut, neidisch auf mich sein, datt ich so ganz bequem auf mein Stuhl sitzen und in weltweite Datenmeer rumsurfen tu.

Datt hatter nu davon. Warum isser auch nich drin – in Netz, mein ich. Datt iss doch so praktisch. Man brauch nirgenz mehr hinzugehen und hat trotzdem Spaß. Jede Menge Kontaktaufnahmen durch „Cyberspace". Ich glaub, so heißt datt.

Man ää, datt sind Worte, die kamma kaum schreiben und dann soll man se auch noch behalten. Da bin ich echt immer in Kampf mit meine grauen Zel-

len. Abba datt iss mich dä Spass wert. Ich hab nämich gern viel Kontakte. Bein Computer geht datt allerdings nur elektronisch. Dafür isset abba auch günstich, wennze willz. „Call by Call" nennt sich datt, glaub ich, da kannze jede Menge Billichanbieter wählen, sacht Nachba Harm. Toll, watt? Datt merkt sich doch jeder, oder? Wann und wo hattet für Bekanntschaften jeder Art auch schoma Billiganbieter gegeben?
Getz weiß ich auch, warum Harm gesacht hat, datt man Ordner anlegen muss. Klar, damit man dä Überblick nich verlieren tut. Könnt doch peinlich werden, und datt will doch keiner, oder?
Da gibbet noch sowatt, aumann!, datt heiß „Cybersex". Datt hab ich allerdings nich von Nachba Harm, datt weiß ich vonne Freundin. Sowatt lässt sich besser von Frau zu Frau übermitteln. Abba, wenn ich ehrlich bin – nää, da will ich nix von wissen, datt is mich einfach zu abstrakt.
Hat sich damit schoma einer beschäfticht? Nä? Lasstet, lasstet sein. Ich hab mich datt ma ganz kurz nur vorgestellt: Da hasse, sagen wer ma in England en Kontakt. Dann ziehse dich son komischen Anzuch an mit Sensoren dran. Dann fängse an, dich zu bekrappschen. Kann ma einer sagen, watt dadraus werden soll? Datt nennen die Fortschritt. Eingeschänkte Lebensqualität is datt, und

sich auße Verantwortung stehlen, is datt. Und datte Bevölkerungszahlen an Absacken fangen, datt kümmert keinen. So sieht datt aus! – Wenn ich datt richtich vastanden hab.
Nee, sowatt will ich einfach nich kapieren. Brauch ich auch nich. Datt, watt ich kann, reicht für mein Alter – bisken elektronisch Kontakt aufnehmen und so... Is zwa gewöhnungsbedürftich, abba datt schaff ich so grad noch.
Übrigens, in mein Internetbuch hab ich gelesen, datt die, die per E-Mail vakehren viel schneller auffen Punkt kommen, weil datt ganze Drum und Dran watt man sonz so macht, wegfällt.
Datt die abba auch allet rationalisieren müssen. Kamann getz nur hoffen, datt sich nich irgendwann ma Ausfallerscheinungen bemerkba machen, wenn die sich alle nur noch elektronisch vagnügen tun. Ganich auszudenken wär datt!
Und noch watt hab ich gelesen in datt Buch, watt mich fast umgehauen hat. Datt muß man sich ma vorstellen, man kann soga bei datt ganze elektronische Getue seine Gefühle emotional untermalen. „Smileys" nennt man die Dinger.
Z. B. Lächeln: „Doppelpunkt, Bindestrich, Klammer. Hab ich vasucht. Als ich dann auffe Klammer drückte, kam son kleinet lächelndet Gesichtken. Ich mein, datt vasteht man, und datt macht auch

fröhlich. Obwohl, en Lächeln von Angesicht zu Angesicht, datt lässt sich numa nich durch Doppelpunkt, Bindestrich und Klammer ersetzen, mein ich, oder?
Dann, lautet Lachen: „**:-D**". Ich frach Sie, watt hat datt mit lautet Lachen zu tun. Also datt Symbol find ich ja total doof. – Doof? Jawoll! Datt isset! Et gibt ja so viele, die bei jedet Bissken laut lachen. En Zeichen von Inteligenz is datt ja nu ma nich. Wennet abba datt ausdrücken soll, dann könnt ich mich mit „**:-D**" einvastanden erklären. Ganz schön raffiniert, muss ich sagen.
Watt glaubter wohl, wie datt Symbol für Kuss aussieht? Ganz mager, sachich nur, ganz mager! Watt so Schönet wie en Kuss nur mit en schusseliget „**:-x**" zu bezeichnen, und dann noch erwarten, datt man et auße Ferne genießen tut. Watt einfallsloseret gibbet nich.
Ich mein, in mein Alter kamann sich ja notfalls noch übba en „**:-x**" freuen und zufrieden geben. Abba... Neee, alo ehrlich, da fällt mich doch nix mehr ein. Da kann ich doch nur noch „**:-D**", abba ganz ganz laut.
Wie gesacht, wenn ich datt allet richtich vastanden hab...

# Dä letzte Kampf von uss Henry

Abens tun mein Matthes und ich uns immer einigen watt datt Fernsehprogramm betreffen tut. Matthes is dann immer unheimlich großzügich.
„Such du watt aus", sachter dann.
Meistens sach ich ja: „Egal. Bin ja nich so heiß drauf." Aba manchma tu ichet, nur um zu kucken, obbet watt nützt. An dä bestimmte Tach, dä ich getz mein, da hattet auch nix genützt. Da wa nämich dä Henry abens in Fernsehn.
Gesacht hab ich nix, obwohl Sport nich so mein Ding iss. Bin nur en Zufallskucker, bisskwn MSV, bisskwn Borris und Steffi. Beiet Boxen hab ich sonz immer die Kurve gekratzt. Ich konnt datt einfach nie ab, dem Matthes sein Stöhnen, sein Zucken und wenn dä immer Löcher inne Luft an hauen wa. Aba an dä Abend blieb ich brav neben mein Matthes sitzen. Und obbert glauben wollt oder nich, bein Henry fing auch ich an zu zucken, und dä arme Matthes krichte dann so manchen Puff inne Seite.
Seid doch ma ehrlich, son schönet Boxergesicht wie datt von uss Henry, datt lässt doch jedet Herzken höher schlagen. Dä Mann iss ja sowatt von

estetisch, datt hälze in Kopp nich aus! Dä hat auch allet, watt sich Frauen wünschen tun.
Nich datter mich getz missversteht, ich will ja nix vonnem. Bin ja schließlich kein Kinderschänder, ich kenn ja meine Geburtsurkunde. Näää, datt hat en ganz andern Grund, datt ich so heiß auffen bin. Datt „O Fortuna" auße Carmina Burana von Orff, datt, wattse immer spielten, wenn dä Henry durche Menschenmassen schreiten tat und in dä Ring ging, datt waret, warum mein Herzken so an bandusen fing. Ich mach sowatt Klassischet. Da bin ich nämich en Fan von.
Und als ich zum ersten Mal den Henry so durch de Halle schreiten sah, eingelullt in meine Lieblingsklänge, Mannomann!! Da wa ich hin und weg. Von da an hab ichen auch immer gekuckt.
Ja, ja, datt waren noch Zeiten, als dä mit sein „O Fortuna" – datt Glück, datt, wat de Welt regiert – als dä damit zwischen de jubelnden Menschenmassen einhergeschritten kam, in sich gekehrt und sowatt von bescheiden. Nich schon vorher mit de Siegerpose: Fäuste gen Himmel gestreckt und all die Fisematenten, wie datt einige andere machen. Abba wenn ich datt ma so richtich überlegen tu, hat dä Henry mit „O Fortuna" viel mehr von sein Inneret verraten, als datt die anderen mit all ihre Verrenkungen tun.

Klar, Mensch, wenn dä so watt spielen lässt, brauch dä überhaupt nix mehr anderet zu machen, als nur insichgekehrt auszusehen. – Ganz schön raffiniert der Bursche, watt? Dä iss nich nur schön, dä iss auch clever.
Na ja, wenn schon, watt sollet. Jeder machtet eben anders. Jedenfalls kommt et bei de Fans an, und et hat ihn noch viel sympathischer gemacht, als datter ohnehin schon war.
Als se dann plötzlich datt auße Carmina Burana nich mehr spielen durften, weiß dä liebe Himmel warum nich, und se bei Henrys Einzuch inne Arena watt anderet spielen mussten, fand ich datt schad. Mitte Fortuna war dä Henry sowatt Besonderet. Datt passte einfach allet – seine Haltung, sein Outfit, de Musik, ach, datt ganze Drum und Dran. Datt wa schon fast unwirklich – so übairdisch...
Abba ob mit oder ohne Fortuna, et iss sowieso allet vobei. Et geht einfach nich in mein Kopp rein, warum datt so hat enden müssen.
Et wa ja gut, datter vorsichtich wa, ich mein, man wusste ja immer schon vorher, dattem nich viel passieren würd. Wär ja auch en Schand gewesen für sein schönet Gesicht. Obwohl dä immer auffe Distanz geblieben war, hatter ja auch seine Punkte gemacht.

Nur diesmal, da ließ dä andere ihn einfach nich. Immer wieder hing dä wie ein Klammeraffe an dä Henry fest. Datt muß man sich ma vorstellen. Dä hat dem die ganze Tour vermasselt.
So richtich anne Nerven hat ichet.
„Mein Gott, Henry!", hab ich dauernd gerufen. „Hau doch ma rein! Gib ihm Saures. Du brauchs Punkte, Junge, du brauchs Punkte!" Aber datt hat nix genutzt.
Dann waret endgültich, uss Henry hatte verloren – dä letzte Kampf, den hat dä verloren! Datt konnt nich wahr sein. Abba datt tatem weh, datt konze sehn. Mitten innen Ring saßer inne Hucke.
Man muss sich einfach ma dä Ring vorstellen und inne Mitte zusamengekauert us Henry. Wie dä sich dä Kopp festhalten tat und et nich fassen konnt.

Datt hat mein Herzken fast zerrissen. Dä saß da, als wärer festgewachsen.
Alle die, die in Ring standen, waren sowatt von bedröppelt, und alle hattense feuchte Augen. Soga dä schöne Amerikaner, der de Namen vonne Kämpfer imma vakünden tut und se wie enne Sirene durche Halle erschallen lässt, dem liefen auch de Tränen runter.
Abba Henry, hab ich gedacht, wenne auch nich mit en Siech inne Tasche außen Ring gegangen biss, so hasse doch de Augen aller Boxfans der Nation auf dich gelenkt. Watt hatte denn dä andere – der, der – na, wie heiß dä doch noch? – Ach, iss doch auch egal, watt hatte dä denn schon von seinen Siech? Kaum einer hat doch auffen geachtet. Nur dich hamse alle angekuckt.
Dann bisse endlich aufgestanden, Henry, um den Ort deiner Niederlage zu verlassen. Datt wa stark wie de kopfschüttelnd, mal de Hände vorn Gesicht, mal de Ame gen Himmel gestreckt hass. Datt wa enne echte Pose der Vazweiflung, datt wa offensichtlich.
Sicher, et wär ja schön gewesen, Henry, wenne unbesicht abgegangen wärs. Vielleicht hättet mit de Fortuna anne Seite ja doch geklappt.
Watt meint ihr?

# Besuch bei Adele

Neulich stand ich auffen König-Heinrich-Platz, so mitten inne dicke Menge Menschen und wa so hin un her an zappeln. Da wa nämich ne Band aus New Orleans. Boh, die hat Musik gemacht, spielte datt, watt son Rentner echt von Hocker reißen tut, datt, watt so nachen Kriech widda Leem in datt Volk gebracht hat.
Eintlich wa mich mein Getzappel en bisken arch peinlich, ich hatt immer datt Gefühl, de Leut täten mich ankucken und denken, kuck dich blos die Alte an. Abber nä, alle waren se an zappeln, mit die

Hüften an wackeln und manche waren de Augen an vadrehn.

Auf eima sah ich inne Menge Adele, datt is meine Kusine. Die wa auch rum an zappeln, nur noch bekloppter als ich. Die dachte ga nich dran ihre Gefühle zu bremsen, ließ se richtich raushängen. Mann, hab ich gedacht, watt zehn Jahre weniger doch ausmachen tun.

Hatten wir en Spaß, als wer uns sahen. Sind ja vonne Verwandten nich mehr viele da, fallen sozusagen nach und nach dä ewige Kreislauf zum Opfer. Besonders inne letzte Zeit werden de Verwandten wahnsinnich schnell weniger, schrumpfen genauso schnell wie mein Konto bei de Bank. Da wächst ja auch nirgenz mehr watt nach, wenne Rentner bis, in Gegenteil.

„Komm doch auffen Tass Kaffee mit", sachte Adele, „ich wohn hier gleich umme Ecke. Ich wollt sowieso nach Haus, duschen. Ich schwitz in letzter Zeit immer so. Ich glaub, datt sind de Wecheljahre."

„Dann solltese aufpassen. Inne Wechseljahre sind de Frauen nämich besonders empfänglich", hab ich für se gesacht.

„Ja? Da muß ich heut mal en ernstet Wort mit mein Ferdinand reden", sacht se.

„Wie, mit Ferdinand? Da bin ich abba baff. Ich denk du lebs allein?"

„Wer sacht denn datt? Mit Ferdinand leb ich schon einige Jahre zusammen. Du, der is total süß, und agil is der. Kräftich gebaut und en ganz tollen Kamm hatter."

„Nennt man datt heut so?", frach ich se.

Datt Adele krichte sich nich mehr ein vor Lachen, sachte abba nix.

Jedenfalls ging ich mit. Als ich bei die inne Wohnung reinkam, sachte einer mit sonne komische Stimme: „Na, du alte Pflaume."

Ich denk, wo bisse denn hier reingeraten. Und dann sah ichen auffe Stange sitzen, son großet grauet gefiedertet Viech.
„Watt hasse denn da von Viech?", frach ich se.
„Datt is mein Lebenspartner Ferdinand." Und als wenn datt Viech datt vastanden hätt, sachtet: „Son Scheiß, son Scheiß."
„Manchma glaub ich wirklich, datt dä mich vasteht", sacht Adele.
„Hasse denn kein Mann, en richtigen, mein ich?", frach ichse.
„Hatte", sachte Adele, „wa abba nix."
„Möchse denn widder einen?"
„Ja, manchmaaa", sachtse so ganz gedehnt.
„Son Scheiß, son Scheiß! Komm inne Heia, komm, komm", kamet widda vonne Stange.
„Halt die Klappe, Ferdinand!", schimpfte Adele.
„Ach lassen doch", sach ich für se, „ich find den knorke. Wennze also doch en Mann wilz und auffe Straße keinen finz, dann kuck doch ma inne Zeitung, da finze sicher einen."
„Jetz fang du nich auch noch an wie meine Freundin Berta! Son Rat hat die mich nämich auch schon gegeben. Kuck doch ma inne Zeitung, vielleicht machse ja en gutet Schnäppken", hat se gesacht.

„Mann äh, en Schnäppken auße Zeitung. Datt fehlt noch. Datt hat mich ja ne richtige Phsychose vapasst. Geträumt hab ich nachts davon. Haufenweise sah ich de Kerle auffe Wültische liegen, sah de Weiber grabschen, und wie se ihre Schnäppkes verpackt nach Haus an schleppen waren. Dann sah ichse auspacken und die Kerle ausprobieren und de Panik inne Augen, als datt innet Bewusstsein an dringen wa, datt se se nich mehr umtauschen können."
„Nä du, bleib mich ja weg mit de Zeitung. Wer weiß, watt ich mich da int Haus holen tu, und watt dann aus mein Leben wird? Bleib lieber mit mein Ferdinand allein."
„Komm sei nett, wir gehn int Bett und hei!"
„BlödesVieh", sachte Adele, tat en innen Käfich und warf de Decke drüber. „So, jetz hälze die Klappe."
„Paule rupft wieder, komm inne Heia und dann hei!"
„Dä hörte schon gleich auf", sacht Adele.
„Weiße, Adele, man müsste de Kerle in Kaufhaus kaufen können billiger in Schlussvakauf. Oder in Second hand-Shop. Da könnt man se dann auch widda umtauschen gehn. Oder, wennze schon einen für datt ganze Leem hass, und dä is nich mehr so ansehnlich – so zerknittert und so, die müsste

man dann inne Reinigung bringen können. Datt wär doch auch schön, wennen dann frisch gereinicht, gestärkt und gebügelt abholen könz, watt meinze?"

„Reinigung wär nich schlecht, Änne, da würd ich dann auch hingehen. Ich müsst nämich ma de Falten augebügelt kriegen."

„Gute Idee, Adele, datt müsste ich auch.

„Mann, et is ja schon sechs. Getz muss ich abba gehen, sonz knöttert dä Matthes. Schön waret, Adele. Machen wer getz öfter, ne? Wer weiß, wie lang wer datt noch können. Lang dauert datt sowieso nich mehr, bisse uns entsorgen tun. Et gibt viel zu viele Rentner und de Rentenkassen sind doch leer. Würd mich nich wundern, Adele, wennet bald für jeden abgeschossenen Rentner ne Prämie gäb."

„Mann, mal dä Düwel nich anne Wand. Auf Ideen komms du. Grüß mich ja dä Matthes."

## Oma, dä Schreck vonne Karl Lehr-Straß

Zwei Omas und zwei Opas hatte ich. – Abba datt is ja doch nomal, oder? Und die man dann beson-

ders lieben tat, denen hängte man hinten watt dran, so wie Omi, Omilein oder Großmütterken.
Bei uns ging datt einfacher, so nache Optik. Wenn wir nach eine von denen gingen, hieß datt: Ich geh nach dünne Oma oder nach dicke Oma. Ja, wirklich, dachte sich keiner watt bei.
Datt Ulkige wa, datt bei die dünne Oma en dicker Opa und bei die dicke Oma en dünner Opa gehörte. Datt sah, wennse so da hergingen, richtich ulkich aus. Abba beiet längere Hinkucken waren de unterschiedliche Formen echt hamonisch, datt muss man sagen.
Über dünne Oma und dicke Opa wa nur zu sagen, datt se de liebsten vonne Welt waren. Von die anderen beiden war nur Opa lieb. Die dicke Oma konnt nämich keiner leiden, die wa für alle en Kreuz an datt jeder schwer zu schleppen hatte. Aber se wa ja nu ma da, ne? Se wa kurz, und so breit wie se kurz wa, und rund wase, so rund, wie drei Generäle zusammen. Opa meinte soga, de Generäle wären auch in se verkörpert. Aber, datt fürse zu sagen, hätt Opa sich nie getraut, obwohl

er se en halben Meter überrachte. Und überhaupt, wer kommt schon gegen drei Generäle an? Maaann, wat wa die dick. Aber die bewechte sich auch nich, saß auf son großen Stuhl, dä auf son kleinet Podest vorm Fenster stand, kommandierte alle rum und glubschte dabei immer nach draußen. Die hatte de Karl-Lehr-Straß vollkommen unter Kontrolle. Wie in eine Kommandozentrale saß die da. De gestärkte graue Schürze mit de schwarze Müsterkes wa richtich an knistern, wennsese mit de Hände glattstreichen tat, weil se sich inne dicken Bauchfalten eingeklemmt hatte. Dicke Oma hasste nämich Knitterfalten anne gestärkte Schürze.

Auffe Straße tat der abba auch nix entgehen. Nur eimal, als wir Blagen mit Mutter und Vatter vonne Spaziergang kamen und auf datt Haus von dicke Oma zugingen, muss der tatsächlich entgangen sein, datt ich vorgelaufen wa und schon anne Küchentür stand, als se mit ihre rauchige Stimme für de Tante Änne sachte, die meine Patentante wa: „Räum de Dösch ab, da kumme Robert und Marie mit de widdaliche Penz!"
Und dann sah se mich, schnappte nach Luft und sachte: „Da kimmt ja mei Schätzche!"
Die hatte überhaupt unter de Mitmenschen ga keine Schätzkes. Die mocht nur sich und dä Metzger Dingel von gegenüber. Wenn nämich aus den seine Woschküch montachs und freitachs die frischen rosanen Fleischwürschte, die so malerisch über de Stange hingen, über dä Hof innen Laden getragen wurden, und dä Duft so über de Straße in dä Oma ihre dicke Nase zoch, datt wa ihre ganze Glückseelichkeit. Da wurden Urinstinkte in se wach. Blieb schon vonne Mittachsmalzeiten vonnet Fleisch kaum für de Familie watt übrich, verschlang se ane Dingeltage drei Fleischwoschkringel zusätzlich.

Opa saß meistenz in Hühnerstall, kuckte de Hühner zu und de Hühner kuckten dä Opa zu, wie der genüsslich an sein Piepken zoch und dä Rauch inne Luft an blasen wa. Manchma sprach er auch mit de Hühner und streichelte se ab und zu. Un wenn auße Kommandozentrale dä Befehl kam, en Huhn zu schlachten, dann tat dä Opa datt schweren Herzens. Abba wie dä datt Huhn dä Kopp abriss, datt ließ ahnen, datter dabei an einen vonne Generäle gedacht haben muss, die ihm datt Lem so schwer machten.

Eimal war Opa krank und dicke Oma musste selber en Huhn schlachten. Mit Mühe wälzte se sich von datt Podest runter innen Hühnerstall rein, griff sich ers datt Huhn und dann griffse mich, zoch mich inne Waschküch rein und befahl, ich soll, wennse dä Kopp abreißen tut, datt Huhn ganz festhalten.

Dann risse mit datt ganze furchtbare Körpergewicht und floch, datt Huhn sein Kopp inne Hand, inne Ecke. Ich ließ vor Schreck datt Huhn los, und so kopplos wie datt wa, floch et kreuz und quer durche Waschküch. Datt Blut spritzte gegen de frischgeweißten Wände und gegen Oma. Die sah aus, als hätte se de Masern.

Da lachse nu inne Ecke. Vier Männer auße Nachbaschaft waren nötich, um dicke Oma widder auffe

Beine zu stellen. Datt wa en schönet Stück Abeit. Dabei schnaufte se wie en Walross, datt gerade anne Wasseroberfläche kommt, und de Augen

sprühten wie die vonn dä Drachen, bevor Siegfried ihn umme Ecke gebracht hatte.

Von dä Schreck erholte sich dicke Oma nie widder so richtich. Datt konnt man anne gestärkte Schürze sehn, da hatte se nämich de Falten ganich mehr so penibel rausgestrichen.

Eines Freitachs, kurz nachen Morgenkaffee, saß se wie immer inne Kommandozentrale und dachte an die herrlichen Wöschkes, denen se bald teilhaftich werden tät. Und dann wurden se endlich übern Hof innen Laden getragen, die herrlichen, rosanen saftich-glänzenden Wöschkes.

Dicke Oma spürte noch, wie dä Duft Besitz von ihre dicke Nase nahm. Mit dä herrliche Anblick vonne Wöschkes und dä Duft inne Nase setzte plötzlich datt Herz von se aus.

# De Gewöhnung isset

Irgenzwie wa datt furchba still inne Wohnung. Morgenz wa kein Kaffee fertich, datt tat nämich immer dä Matthes, keiner wa an knöttern, keiner dä abens dauernd auffe Knöppkes vonne Fernbedienung rum an drücken wa, allet musste ich selber machen. Irgenzwie fehlte dä Maschinist für dä ganze reibungsvolle Ablauf inne Familie, und ich muss gestehn, datt ichen vamisst hab. Dä Mensch is doch en Gewohnheitstier.

Ach, watt wa ich froh, alser endlich aus datt Krankenhaus raus kam. Aber leider ohne Zähne, und datt wa schrecklich. Mein Matthes ohne Zähne!

Datt wa furchba abstoßend für datt Zusammenlem, wenn dä so an knöttern und an belehren wa. Datt konze nich aushalten. Datt wa de reinste Körpervaletzung.

Die Zähne nämich, die hattense bei de Operation valecht.

Et musste schnell watt passieren, weil ich schon an durchdrehn wa. Nur ma telefonieren, wie datt dä Matthes tat, datt tat doch nix ändern.

Also hab ich ers ma an datt Krankenhaus geschrieben:
Werte Damen und Herren, hab ich geschrieben. Als mein Mann bei ihnen in Krankenhaus wa und Sie ihn anen Magen opperiert haben, händichte dä seine Potese an die Schwester aus. Die wa abba an nächsten Tach nich mehr aufzufinden.
Leider weiß mein Mann nich mehr dä Name von die Schwester. Alser dann auffe Station anrief, sachte eine andere Schwester: „Ach, datt waren ihre Zähne! Ja, die hab ich gestern auffen Wech nachen Aufzuch noch irgenzwo gesehen, abba dann wieder auße Augen valoren."
Abba irgenzwo müssen se doch sein!
Ich bitte Sie nun höflich, se zu suchen und se auszuhändigen. Mein Mann wird se morgen um zehn Uhr abholen. Wenner nich kann, wird er eine Person seines Vatrauens, nämich mich, schicken. Ich werd dann ein Döschen mit sein Namen drauf für den Transport mitbringen, damit Sie sehn, datt ich die Person bin.
Ich hoffe nur, datt se de Zähne dann auch gefunden haben, denn so is datt kein Leem mit mein Mann. Und datt Suppe kochen bin ich auch endgültich leid.
Hochachtungsvoll, die Frau von Matthes Schiwinski

# Ja, Matthes, getz kuckse dumm...

Watt hasse nu davon, datte nich auf mich gehört hass. Immer wolze beiet offene Fenster schlafen. Datt kannze nich, wennze anne Erde wonz, nich mehr heut, wo datt allet so unsicher iss.
Hass sicher gedacht, nich bei mir. Aber datt ham auch schon andere gedacht. Watt hasse doch dauernd rumgeknöttert, wenn ich de ganzen Blumenpötte vor datt Fenster rücken wollt, damit ich wenichstenz son bissken datt Gefühl hatt, dattet sicher iss.
Jetz weiße, wie schnell datt datt geht, wie schnell datt die drinn sind, und wie schnell datte ein über de Rübe hass. Ja, ja, Matthes, jetz musse doch einsehen, datte auf mich hätts hören sollen. Sauer bin ich ja nur, datte nich drüber reden willz, getz, woet doch passiert iss und wir schon in Jenseits sind.

Aber allet watt Recht iss, Matthes, dä durchsichtige Fummel, dä de da an has, dä steht dich nich schlecht. Endlich sieße ma orntlich aus. Prima Kleiderordnung hier, watt? Brauchs nich mehr fragen, Änneken, watt zieh ich an, wode getz nur noch ein Frack hass.
Ja, ja, getz bisse hier, gehs leicht und friedlich durche Gegend und kucks mich treu und ergeben an. Hass dich ganz schön vaändert, Matthes. Denkse wenichstenz getz, wo de nich mehr auffe Erde biss, hätt ich doch nur auf datt Änneken gehört, und hass dabei en paar Schuldgefühle? Ach nä, datt geht ja nich, de Gefühle hamse uns ja ausgeknipst.

Datt einzig schöne dran is ja, datte getz so friedlich biss, nich mehr kolerisch, nich mehr rechthaberisch, son richtig lieben Kerl bisse getz.
Weiße, für dich iss datt ja nich schlecht hier, wode doch so gern durche Gegend rennz. Jetz kannze von morgens bis abends lustwandeln. Schön isset ja hier, allet so ruhig...

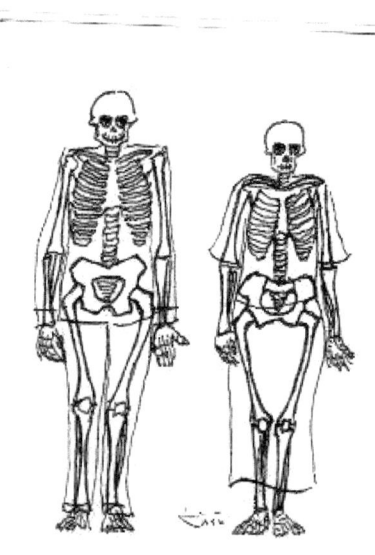

Aber ich, Matthes, watt soll ich hier? Kannze datt ma sagen? Watt mach ich hier blos? Schreiben kann ich nich, weilse ja de Gefühle ausgeknipst

haben, und ohne Gefühle kannze höchstenz watt Wissenschaftlichet schreiben, und datt bring ich nu ma nich. Kochen kann ich auch nich, weilze ja nix mehr essen brauchs. Nix kann ich mehr, nur noch mit mein Matthes durche Stille wandeln. Datt iss doch kein Leem!
Nä, nä, Matthes, dat kannze nie widda gutmachen, nie mehr!!


## **U**nd datt an Silvester...

Na ja, nu is datt Viertel neben de Eisenbahnbrück ja nich grad datt, watt man vorzeigen kann. In sonne Umgebung wird einen de Gefühlsduselei schon abgewöhnt. Datt vageht einen ohne dattet wilz. Aber watt iss auch schon anderet an son Abend? Inne Gloze kucken, bisse viereckige Augen hass, en paa Schnäpskes hinter de Binde kippen, allet wie sonz auch. Nur datte inne Nacht außer vonne Saufbrüder auch um zwölf noch vonne Knallerei außen Bett geballert wirs – wennze vorher schon reingegangen biss. Aber wer geht schon na Bett, wenner sich in Gedanken noch nich von dä ganze

zurückliegende Schlamassel gebührend verabschiedet hat?
Et wa schon zwei, als mein Matthes und ich de letzten Bullebäuskes gegessen hatten und endlich inne Heia lagen. Abba jedesmal, wenn ich grad so an rübber an gleiten wa, warfen son pa Blödmänner noch ihre letzten Knallfrösche durch Gegend. Also stand ich auf und hab de Flimmerkiste widda angeschmissen. Aber immer rutschte mich datt Spekuliereisen vonne Nas, weil mich dauernd vor Müdigkeit dä Kopp nach vorne fiel. Biss ich datt leid wa. Licht aus und Kopp unter de Decke – dacht ich.
Als ich grad mit datt Zeigefingerken an datt Knöppken vonne Nachttischlampe wa, brüllte Harry durch Nacht. Harry iss unser Nachba. Dä iss mehr anne Ecke, inne Kneipe „Zur dicken Emma", als zuhaus. Die Dicke Emma, die hattet dem angetan. In der ihrn wamen weichen Schoß da fühlt Harry sich wohl, da isser heimeisch. Wissen tun datt alle, und keiner kannet vastehn, weil Harry sowatt von mickerich iss, datt die dicke Emma den glatt untern Arm vahungern lassen könnt.
„Wer weiß, warum datt dä so mickerich iss", tuscheln de Nachban.
Harrys Frau, Lilli, hat orntlich Wut auf Emma. Datt hat abba wohl jede Frau, wennse enne Konkurenz

wittert, oder? Bei Lilli iss datt abba so schlimm, datt man meinen könnt, se tät Emma nach datt Leem trachten. Manchma hört man se schrein: „Dä fette aufgedonnerte Paradiesvogel bring ich eines Tages um, so wahr, wie ich Lilli heiß!"

Paradiesvogel nennt se de Emma. Aber die iss auch wirklich enne schillernde Persönlichkeit – rund, rosich, kirschrote aufgeworfene Lippen, und immer grellbunt gekleidet. En richtigen Lichtblick inne varräucherte Höhle, denn mehr iss datt vergammelte Haus nich. Is nur noch reif fürn Abriss. Abba dicke Emma und de Gäste wollen, dattet noch lange stehn bleibt. „Lieber Gott, bewahr uns vor de Abrissbirne!", sagen se jedesmal, bevor se sich ein runterkippen.

Jeden Abend harren se gemeinsam aus, so lang, wiet de Polizei erlaubt. Danach kommt de große Verabschiedung, Abend für Abend und grundsätzlich draußen: „Tschüß, Hännes! Tschüß, Hein! Machet jut, Harry!" Und wennze meinz, datt endlich Schluss iss mit de Schreierei, hörse von weiten nochma Harry rufen: „Tschüß, Emma, mein Engel!!!"

Harrys Frau, Lilli, und de Nachbarn wissen dann genau, datt gleich wieder de Puppen an tanzen sind. Datt iss nämich immer so, wenn Harry nach Haus kommt.

Abba an Silvester waret anders. De allgemeine Verabschiedung blieb wegen de verlängerte Polizeistunde aus. Datt wa für Harrys Frau Lilli überhaups nich gut. Da kontze auch ehrlich gesacht nich mit rechnen.

Auffe Straße war allet ruhig nach de Knallerei und ich endlich an schlafen. Dann brach plötzlich doch noch datt große Donnerwetter über Harrys Frau und de Nachbarn los. So ganz ohne Vorwarnung. O Mannomann! Bölken, Schreie, Möbel flogen durch Gegend, Glas splitterte und dann – plötzliche Stille... Draußen lach einer rechlos auffet Trottouar rum, angestarrt von Harry und Lilli. Der ihr

Geheimnis war nu kein Geheimnis mehr. Harry hatte et kurzerhand an Kopp und Kragen gepackt und durchet zuene Fenster geschmissen. Datt lag zum Glück anne Erde.

Lilli sah aus, als würd se jeden Moment auße Latschen kippen. Dann fing se aufeimal an, inne Stille reinzuschreien: „Du hassen umgebracht, du hassen umgebracht!" Abba der auffen Trottouar fing an, sich widda zu bekrabbeln.

Da konnt man genau sehen, wie sich bei Harry und Lilli die Starre an lockern fing. Im Nu warn Grüne Minna und dä Krankenwagen inne Straße. De lieben Nachbarn standen schadenfroh zusammen und waren an flüstern und an kichern.

Harry, sich nun wieder seiner Manneskraft voll bewußt, sachte entschlossen: „In meine Wohnung haben keine fremden Kerls watt zu suchen!"

Dabei ging sowatt richtiget Ehrenhaftet von Harry aus. Und als der, der nu kein Geheimnis mehr war, von datt Trottouar auf de Bahre in datt Krankenauto geschoben wurd, warf Harry sich so richtich inne Brust, kuckte triumphierend Lilli an und sachte ganz stolz: „Da staunze, watt? Von wegen mickerich. Sach datt ja nich mehr!"

# Watt macht datt denn schon?

Datt Altwerden is ja nu ma enne allgemeine Sache, nur jeder empfindet datt eben anders. Besonders de Frauen. Die sind dann mächtich an leiden. Irgenzwann kucken die ma en bissken genauer in dä Spiegel, dä Schlaf noch inne Augen, de Farbpöttkes waren noch nich in Aktion, und de Sonne scheint grad so in datt Zimmer.
Dann wärnse meistens stutzig, denn de Sonne bringt ja numa allet annen Tach, ne? Dann sieht man de ganzen Furchen, wo sich Jahr für Jahr datt Leem so durchgeackert hat.
Dann fängse ersma an zu rechnen und ant grübeln, dann kommt datt große Erinnern, wie datt so früher wa, und da hälze dich dann meistens dran fest.
Dä John Knittel oder wie dä hieß, dä hat ja ma gesacht: „Alt iss man dann, wenn man anne Vergangenheit mehr Freude hat als anne Zukunft."
Dä Mann hatte recht. Datt iss so! Ich merk datt ja auch an mein Matthes. Den interessiert de Gegenwart doch kaum noch. Weiß dä Deufel wo dä immer mit seine Gedanken is. Wenn ich dem watt erzählen tu, dann sieht datt aus, als tät dä zuhörn. Nach jeden Satz sachter, ja oder mm – mm, datt

sachter an meisten, da braucher nämich noch nichma dä Mund bei aufmachen.
Aber wehe ich frach dann ma: „Watt hab ich denn gesacht?"
Dann hattem aber meine Frage so richtich inne Pedrullje gebracht. Oder wenn ich sach: „Ich geh mal em Brötchen holen."
Dann fracht dä mich doch tatsächlich, wenn ich wiedakomm: „Sach ma, wo waße eintlich?"
Jeder kricht ja beiet Altwerden so seine Macken. Ich auch. Zum Beispiel wenn ich mich watt vorgenommen hab, geh ich doch annefürsich de Sache immer ganz forsch an. Datt iss nu ma mein Naturell. Aber immer öfter is datt da oben plötzlich weg. Mitten inne Handlung bleib ich stehn und frach mich: Watt wollt ich denn getz nur? Und für mein Matthes sach ich dann: „Ich glaub, ich werd alt."
Da hat dä doch neulich so vadächtich verständnisvoll reagiert. Datt kenn ich sonz ganich annem.
„Nein, Änneken", hatter gesacht, „wenne ma nich mehr von ein Zimmer in datt andere finz, oder in deine eigene Wohnung frachs, wer wohnt denn hier? Dann ers bisse alt."
Son plötzlichet Vaständnis kann doch nur von seine eigene innere Angst herrühren. Datt konnt man dem richtich anmerken, dattem datt Altwerden

auch zu schaffen macht. Datt is doch klar, auch der nimmt dä körperliche und geistige Verfall wahr. Dä tut nur immer so, als tädem datt nix ausmachen. Seine Horchlöffelkes lassen auch immer mehr nach. Watt inne Örkes flüstern, datt iss nich mehr.
Jedenfalls isser, watt mich betrifft, in letzter Zeit viel aufmerksamer geworden. Wenn ich meine Brille, de Schlüssel oder sonz watt an suchen bin, dann sachter: „Na, wo hasset denn schon widda verkramt?"
Meine Güte, denk ich dann, unsere Kommunikation nimmt ja ungeahnte Formen an.
Gemeinsam alt werden iss doch ga nich so schlecht. Wenn mein Matthes auch nur so rege kommunizieren tut, wennet um meine Macken geht, datt macht doch nix. Hauptsache is doch, datt wer getz endlich watt Gemeinsamet haben.


# Zockerrunde

„Du muss in deinen Leben immer nur tun und essen, watt dich Spaß macht, Deern."

Datt klingt heute noch in meine Ohrn. Wenn ich auch de dicke Oma nich leiden konnt, abba manchma kam doch watt aus ihrn gehässigen Mund, watt zu gebrauchen wa.

Die hätt heut ihre helle Freude dran, wenn die sehn könnt, watt ich allet so aus mein Leben machen tu, ich und meine Klicke. Wir zokken soga regelmäßich.

Ach, da muß ich ma watt erzählen, watt neulich bein Zocken passiert iss. Da geht et nämich immer rund. Da gehtet um echte Kohle.

Letzte Woche hamwer datt schöne rasarote Schwein, datt watt mitte grüne Kleeblättkes verziert war, datt hamwer zerlecht und de Penunsen getzählt. Datt is übrigens immer dä spanneste Akt – dä Höhepunkt vonne Zockers sozusagen. Wa ganz schön watt drinn in datt Säuken.

Eintlich wollten wer ene Faht int Blaue machen. Aber datt ging nich, weil eine von uns, de Hanne, en steifet Bein hat und nich weit laufen kann. „Hündchen" nennt se datt Bein, ulkich ne? Datt sachtse, weilse datt immer so hinter sich herziehn muss. Datt macht die abber nich traurich, nä, lustich macht se sich drüber. Da kamma also ruhich drüber reden.

Watt hamwer mit datt Moos gemacht? Gute Frage. Inne Mercatorhalle sind wer gegangen, wo Hünd-

ken sich ruhig anne Seite in Gang legen sollte.
Ging abba nich, wa dä falsche Platz.
„Zauberland der Balalaika", hieß datt Programm.
Wa en schöner Abend, nur nich für Hanne. Denn watt wa? Die, die de Katen geholt hat, konnt sich anne Kasse nich mehr erinnern, watt von Bein nun Hannes Hündken wa, datt rechte oder datt linke.
Prompt hattese de vakehrte Seite gewählt.
Hanne rutschte hin und her, bisse et nich mehr aushalten tat. Dann aufeimal, zwischen „Leise flehen meine Lieder" und „Mein Hut, der hat drei Eckcken", nahm se ihr Hündken, führte et senkrecht vor ihren Kopp, an alle Hinterköpp, die vor ihr inne Reihe saßen, vobei aufe andere Seite.
Ich weiß, datt is schwer nachzuvollziehen, abba Hanne iss ene Atistentochter und wahnsinnig gelenkich. Plötzlich ging datt hinter uns los: „Hast du den Fuß gesehen?", tuschelte eine.
„Welchen Fuß?", tuschelte et zurück.
„Über dem Kopf der Dame vor uns." – Leiset Kichern...
„Du spinnst!", kamet widda von hinten.
„Da war ein Fuß!"
„Du hast Halluzinationen!" Datt klang schon ganz schön ärgerlich.
„Hälst du mich etwa für..."
„Psssst, Ruhe bitte!" kamet von alle Seiten.

Hanne hangelt sich plötzlich außen Sitz. Hündken war schrecklich unruhich und schmerzhaftich, und dabei konnt Hanne sich auch noch, genau wie wir, vor Lachen nich mehr halten. Datt Vibrieren vonne Lachmuskeln wurd einfach zu heftich. Ganz unsicher ging se mit ihr Hündken über datt glatte Pakett und valieß de Halle.
Inne Pause fanden wer se dann. Se saß mit son älteren Herrn, dä auch dä Saal verlassen hatte, weil seine Prothese so schmerzen tat, in eins vonne tiefe Ledersofas.
Dä wa genau son Witzbold wie us Hanna.
Ers vasuchte dä, sich auße Lederbeule rauszuwurschteln. Ging abba nich. Dä nächste Vasuch machter dann nache Musik Kalinka, die außen Saal zu hören wa. Startete bei Ka, gab sich bei lin einen Ruck und fiel bei Ka widder zurück inne Lederbeule. En paamal hattert vasucht, Ka-lin-ka, Ka-lin-ka, bisert leid wa.
„Entschuldigen Sie, dass ich nicht aufstehe." Beugt sich vor und sacht: „Mein Name ist Hundt."
„Huuuund?!" Kamet aus uns raus, wie auße Pistole geschossen.
„Aber mit dt bitte. Hundt hat auch schon Hündchen kenengelernt."

En Gelächter brach los und dä Saalordner, sich seiner Aufgabe bewusst, rief uns zur Ordnung, weil datt Konzert schon widda in Gang wa.
Zusammen hievten wer die beiden aus datt Ledersofa. Seitdem gibbet in unsere Runde en Zocker mehr.
Hanne und Herr Hundt mit dt, gehn getz immer Händken in Händken zusammen spazieren. Dä eine mit sein Hündken rechts und dä andere mit sein Hündken links.
Iss datt denn nich schön?

# Da steckt mein Herz drinne

Duisburg, datt lieb ich. Na ja, nich allet. Datt geht ja auch nich. Irgendwatt iss immer, watt einen auffen Keks geht. Zum Beispiel fahrn seit en paa Jahre Gelenkbusse durch unsern Stadtteil. Soll watt ganz modernet sein. Als ich die datt erstema fahrn sah, hab ich auch gedacht, datt unsere Stadt immer schöner an werden iss, ehrlich. Soga en bisschen stolz wa ich, wo ich doch en echtet Duisburger Mädken bin, und datt schon ganz lang, ja, so lang ich leb.

Als ich abba auffe Welt kam, ging datt hier noch ruhig und gemütlich zu. Kaum en Auto und kein Benzingestank. Pferdkes trabten auffe Straße und nach Pferdeköttels rochet – nach frische warme Pferdeköttels. Da saßen in Sommer immer de Spätzkes drauf so wie an reichgedeckten Tisch und warn da an rum an picken. – Watt mögen die wohl heute picken? Na ja, sollen schon satt werden.
Jedenfalls wa datt ne schöne Zeit damals. Aber datt hab ich nur noch ganz kurz mitgekricht, weil da nämich dä Kriech kam. Danach wa vonne Stadt nich mehr viel übrich.
Aber nachen Kriech da hab ich se wieder wachsen sehn, und mit jedet Stücksken wuchs se mehr und mehr an mein Herzken. Bestimmt klebt auch noch en bisskren Blut von meine Fingerkes annen paa vonne Steine, womit se de Stadt widder aufgebaut haben. Biswer da nämich dä ganze Schutt abgekloppt hatten, mein lieber Mann, datt wa en scheiß Abeit, sach ich euch. De Männer waren ja nich da, und et musste ja allet wieder ant laufen kommen. Da mussten auch de Blagen ran.
Aber et iss ja widda watt schönet draus geworden, aus unsere Stadt. Isset wirklich. Auffe Kö und auffen Sonnenwall hamwer sogar en Dach übern Kopp. Da kamman bein Regen ohne Schirm pro-

minieren, da wirse nich nass. Und enne Brunnenmeile hamwer. Soga en Nicky-Brunnen. Datt iss son Riesenvogel – son ganz bunten. „Lebensretter" heißt dä. Abba de Leut sagen: „Pleitegeier." – Ja, ja...

Nu abba Schluss mitte Gefühlsduseleien. Eintlich wollt ich doch nur watt vonne neuen Busse erzählen. Ich find nämich, getz, wo ich se immer spüren tu, datt die, die se angeschafft haben, kein gutet Händken hatten. Die ham sich ganz schön watt andrehen lassen.

Als ich datt erstema in son Bus drinsaß, da hab ich gedacht, ach, so iss datt in dä neue Bus. Da kommse einfach nich mit de Füß auffe Erde, wennze klein geraten biss, so wie ich. Da bisse immer mitse an schaukeln. Manchmal. wenn ich so schaukeln tu, merk ich aufeimal, datt ich „Hänschen klein" an summen bin.

De Sitze sind abba nich nur zu hoch, se sind auch zu schmal für all die gutgenährten Hinterteile. Wenn sich da ma son Zwei-Zentner-Kaliber neben dich setzt, finze dich überhaupt nich mehr wieder, kriss kein Luft. Fühlz dich platt wiene Flunder.

Am schlimmsten iss datt ja in Sommer, wenn die alle so an transpirieren sind. Da bisse gut dran, wennze enne Wäscheklammer inne Tasche tus, bevor de innen Bus steichs, die kannze dann

schnell auffe Nase stecken, damitte nich in Ohnmacht fällz.
Und dann die Federung von son Gelenkbus, wenn dä Busfahrer auffe Kammerstrasse über datt Kopfsteinpflaster rast, als wärer auffen Nürburgring, wennet dich außen Sitz reißt und mit Karacho wieder rein haut, und wenner deine Gelenke ruinieren tut und du nachher knochengeschädigt biss, dann wärse abba doch en bisken knatschich. Abba vielleich heißen die ja auch deswegen Gelenkbusse, weilse dich de Gelenke ruinieren tun. De Schwangeren, die sollten datt Ding lieber meiden, wennse keine Fehlgeburt riskieren wollen. Wär doch schad um de kleine Schätzkes, oder?
Na ja, modern sind se ja de Gelenkbusse, und in Stadtbild tun se auch reinpassen. Und wenne Schmerzen hass – merkt doch keiner, wenne nich grad an schreien fängs. De Schönheit vonne Stadt tut datt doch keinen Abbruch. Und watt meine Liebe zu meine Stadt betrifft, auch nich.


# Auße Fotokiste

Ich hab mich neulich fast totgeömmelt. Da hab ich doch in Keller son ollen Schuhkarton inne Ecke gefunden. Ich mach den auf, und gleich obendrauf lach en Foto, wo drauf stand 'Schatz mit Schaf'. – Bubiköppken, kariertet Kleidken mit vorne son Propeller, Lackschükes, weiße Kniestrümpkes mit so Bömmelkes anne Seite, und unter datt Bubiköppken en knatschiget Gesicht – datt wa ich.

Jeden Sonntach hieß et bei uns Spazierengehen, und jeden Sonntach wurd ich und watt sonz noch bei die Familie gehörte, von Papa abgelichtet. Oppe wollz oder nich, und immer gab et dä gleiche Knatsch.

Stell dich ma an dä Baum, pflück ma en Blümken und mach nich son Gesicht. Lachen solze, und so weiter...

Schatz mit Schaf. Mannn, dä Sontachsspaziergang und de Wiese, iss allet noch in mein Kopp, als wäret gestern gewesen. Son Motiv ließ dä Papa sich nich anne Nase vobei gehen. Däfür wa dä viel zu geil auffet Fotografieren. Ja wirklich, watt Geileres wie mein Papa gab et inne ganze Nachbaschaft nich.

„Stell dich ma neben datt Schaf", hatter gesacht. Und datt hat ganz inbrünstich geklungen.

„Ich will nich! Ich hab Angst!", hab ich gesacht und wa an heulen.

„Lass datt Knatschen sein und stell dich neben datt Schaf!"

„Ich hab Angst!"
„Wennze getz nich gehs, dann..."
Da wusste ich, dattet zappenduster wa. Mit mein Vatter wa nämich nich zu spaßen. Widdaspruch konnt dä nich ab.
„Streichel dat Schaf ma en bisken", hatter gesacht.
„Nein!"
„Halt wenichstenz de Hand ma dran."
„Nein!"
„Du tus getz sofort die Hand an datt Schaf!", schrie dä los.
Sonntach wa immer dä schlimmste Tach für uns Blagen, ach, watt sach ich da, für die ganze Familie, dä wa schlimmer als en Besuch bei die dicke Oma, die keiner leiden konnte.

# Witz!

Kennt einer den? Stehn zwei Schafe auffe Wiese. Sacht datt eine: Mäh! Sacht datt andere: Machet doch selber!"

# Watt iss dich lieber?

Datt ganze Gedöns mit BSE, Schweinepest, Maul- und Klauenseuche hatte wohl en tiefen Einschnitt in datt Wohlgefühl vonne Genießers gemacht. Ohne Steaks, ohne Eisbein und Buletten, wa datt Leem für manche nur noch en halbet Leem. Watt kann meine dicke Oma doch froh sein, datt die datt Elend nich durchleben muss.

Mannä! Watt soll denn dä ganze Quatsch? En bissken Enthaltsamkeit, datt wird doch vielen gut tun – watte Gesundheit betrifft zumindest. Von datt Äußere ganz zu schweigen. Wir können doch froh sein, wenn wer en bissken gesunden tun, innen und außen, oder?

Bei datt ganze Gestöhne musste ich anne Zeit in Kriech denken, an de geschreute Zwiebelkes, vielleicht erinnert sich ja noch hier und da einer, bissken Grießmehl mit en Stücksken Fett, nich größer als en Fingernagel, datt dann braun werden lassen, Wasser drauf, Salz dran, und die Papp kam dann auffet Bütterken. Datt hat so gut geschmeckt, wie heut en Dubbel mit Butter und grobe Leberwurscht außen Golddarm.

Datt tun wer uns doch sicher nich mehr wünschen, oder? Aber manchma dran denken könnten wer schon.

Gleich nachen Kriech – dä Himmel wa uns gnädich – ging bei uns schon de Pennekesfettlebe los. Da wurd reingehauen, je fetter je lieber. Et musst ja widda watt auffe Rippen kommen. Son Glück wie wir hatten abba nur wenige.

Datt Glück kam mit unser Anni, die mit en Pferdemetzger an poussieren wa. Son Kavalöres wa damals gold wert. Jede Woche schmiss dä uns son Riesenstück von son Perd auffen Dösch. Nach de langen Hungerjahre war datt dä echte Wohlstand, ehrlich. Da wa ne fettige Kniescheibensupp vonnet Perd datt, watt heut dä Mercedes vor de Haustür iss, ja. Mit son Stück von Gaul da konnze pennekesfett leben und prima kungeln: Fleisch gegen selbsgebrannten Fusel, dä Fusel dann gegen Camels, Schokolade und Nylons, und dafür konnze auffen Schwarzmarkt dann allet kriegen, watt datt Leem wieder leemswert machte.

Abba um anne Camels, de Schokolade und de Nylons zu kommen, musstesse mit en total vollen Zuch nach Wetzlar innet Amerikanercamp fahrn. Hass förmlich dein Leem auffet Spiel gesetzt. Hings mit noch en Haufen andere Leut, die auf Hamstertour waren, wie son Klammeraffe draußen auffen Trittbrett von Zuch, oder stands zwischen de Puffers. Datt wa echt halsbrecherisch. Aber dafür gehörtesse, wenne allet gut überstanden hats und noch an Leben was, dann auch bei de hüchere Gesellschaft, weile watt bieten konnz.

Datt wa übrigens dä Anfang vonne Wohlstandsgesellschaft, die sich dann auch ganz schnell, figürlich gesehen, verdoppeln und verdreifachen tat, weilse sich allet, watse kriegen konnten, haufenweise reingeschmissen ham. Und se ham damit bis heute nich aufgehört. Vor allen Fleisch und Wosch. Datt iss nu ma der Inbegriff für datt jute Leem. Iss ja auch lecker, ne?

Manchma frach ich mich, wie datt die Metzgers bloß machen, datt datt so lecker schmecken tut, datt man einfach nich dran denken will, watt da al-

let fürn Schweinkram drinne is. Jeder weiß datt doch. Aber nix. Da wird gefuttert und gefuttert, bis de Nähte platzen und de Hosenknöppe krachen. Watt so einige vadrücken iss doch nich nomal. Getz hamse dä Salat. Getz sind de meisten krank. „Der Mensch ist, wat er isst", hat ma son Philosoph gesacht.
Da gibbet ja noch son Sprichwort vonne Inteligenz und de Dummheit. Kennt doch sicher jeder, oder? Wenn datt stimmen tut, dann brauch man sich ja nich über de Auswirkungen zu wundern...
Vielleicht hilft BSE und Schweinepest ja, de Dummheit en bissken einzudämmen – hab ich gedacht... Abba nix da, dä neue Skandal folchte gleich auf dä Fuß, dä „Hormon- Skandal"!
Da frach ich mich doch, watt und wieviel isst der Mensch, bis er ist, wie er ist – nämich so, dattem de Folgen egal sind?

## Wennet doch gut tut

Neulich ging ich ma widda in mein klein Kabüffken, wo man so allet abstellen tut, wattma nich mehr brauch.
Kennt ihr doch son Kabüffken, oder?

Auffen Söller untern Dach, da, wo de Häuser Panne auffen Dach haben. Ja, et gibt ja auch andere Häuser, die wo keine Panne auffen Dach ham, die so platt sind. Die mein ich nich, die haben ja keine Kabüffkes. Is doch klar, oder? Kein Dach mit Panne – kein Söller – also auch kein Kabüffken.
Na ja, ich glaub, getz wissen alle, watt ich mein. Also, ich denk, muss doch ma kucken, watte daom allet vergraben hass. Ich wühl nämich unheimlich gern in so olle Plörren rum. Und wie ich so an wühlen bin, hab ich aufeima ne Bluse inne Hand, weiße Spitze, edel, sach ich nur.
Und wie ich die so an ankucken bin, braut sich in mein Kopp schlachatig de Vergangenheit zusammen: - Datt petrolfabenet Kostüm, datt weiße Spitzenblüsken, en kleinet weißet Kapotthütken mit son Schleierken dran, weiße Spitzenüberzieher für de Finger, und en weißet Hantäschken, datt watt man so inne Kniff vonne Ame trächt. Und über de ganze grauselige Vergangenheit de strenge Mine vonne Schwiegermutter, von der ich datt ganze verpasst gekricht hatte. Se wa nämich der Meinung, datt gehörte einfach zune Dame. Ne Dame sollt ich unbedingt werden, äh! Ich und ne Dame.
Na ja, Vergangenheit. Reden wer nich mehr drüber.

Ich nahm also datt ärmellose Blüsken mit runter in mein Etablissement, weil ich datt irgenzwo dran vaabeiten wollt. Sowatt schmeiß ich ja nie weg. Ich denk, ziehet doch ma an. Ma kucken, watt datt Leem so aus einen macht.
Du meine Güte! Dat Voderteil reichte in Unfang grad noch von eine Brustwaze nache andere und de Amlöcher, eng wie Schraubstöcke, kniffen in meine Oberame rein. Jede Bewegung tat weh. Da stand ich nu mitte ausgebreitete Ame vor mein Matthes und frachte: „Glaubse, datt ich da ma reingepasst hab?"
Matthes grinste ganz hinterhältich und meinte, ich wär getz ne doppelte Existenz. Datt wa deutlich, oder? Abba dä hatte ja Recht. Bein richtiget Hinkucken muß ichem soga zugestehn, datt datt noch geschmeichelt wa. Anne Bluse konnze de Entwicklung genau nachvollziehen.
Dabei bin ich ganich son Frätsack – solang datt keine Campagnertrüffel sind – da kann ich nämich nich widastehn. Datt sieht natürlich mein Matthes nich, wieviel ich an Tach von die Dinger in mich reinsteck. Und watt die so an Rundungen verursachen, datt vasteck ich dann einfach immer allet unter so schlabbrige Klamotten, damit dem Matthes datt nich so auffallen tut.

Klar, abens könnter datt ja sehn, wenn ich de Klamotten aushab, datt heißt, wenner sich drauf konzentrieren tät. Abba ich glaub, bei sein Alter is datt nich mehr so wichtich, und et is ja auch meistens dunkel.
Obwohl, seit neulich bin ich da nich mehr so sicher, datt dä datt nich merkt. Als ich nämich über meine Knochen an stöhnen wa, da hatter gemeint, ich hätt zuviel auffe Rippen, müsst ma abnehmen und mich watt mehr schonen. So viel Schubkraft unter de Haube wär nix mehr für mein Alter. Pöh, Schubkraft unter de Haube, äh! Watt meint dä wohl damit? hab ich gedacht. Seitdem fühl ich mich richtich wie son dicken Mercedes.
Als ich dann neulich beien Dokter wa, hab ich fürn Matthes gesacht, ich wär bei de Inspektion gewesen, dä Motor wär total in Ordnung, nur en bisken zu stark gefettet. Dä hat mich ganz doof angekuckt, hat ga nich gewusst, watt ich meinen tu. Na ja, in datt Alter muss man ja nich mehr unbedingt wissen, watt man ma irgenzwann gesacht hat, ne?
Datt Schlimme is ja, wenn ich getz annen Spiegel vobei komm, muß ich immer anne doppelte Existenz denken. Ich bleib dann jedesma stehn, und jedesma entdeck ich neue Vaänderungen. Umme Augen und ummen Mund seh ich widda mehr von

die kleinen Schwellen, wie se so bei de vakehrsberuichte Zonen nu ma sind.

Dann vasuch ich manchma mit die Daumen und die Zeigefingers rechts und links vonne Backen – ich mein, vonne Wangen die Haut so nache Ohren zu ziehen, um nach datt Jugendantlitz zu forschen. Abba da is dann nur manchma noch sone vage Erinnerung.
Dä Lack iss eem ab. Watt willze machen? Schönheit und Weisheit gesellen sich eben nur selten. Und wenn ich dann nach de Tasche greif, denk ich, datt die auch immer und immer an dicker werden is. Watt da abba auch allet drinn is: Zellstoffatikel, Faltencrems (die sowieso ganix mehr nützen tun), Puderdose, Pillekes fürn Kreislauf, gegen Kopfschmerzen, Herztröppkes, ich weiß nich watt

noch. Jenfalls is allet drin, watt einen getz noch einigermaßen zusammenhält und datt Leem erträchlich macht. Datt wird immer schwerer! Gestern waret ganz schlimm. Ich stand widda ma vorn Spiegel, kuckte an mich runter und dat ungläubige Entsetzen hat mich erfasst. Madam haben schon wieder zugelecht, hab ich gedacht.
„Iss datt nich ungerecht, datt die Funde immer nur inne Breite gehen? – Warum gehnse nich inne Länge, dann wär ich größer und könnt doch auch ma en großen Hut aufsetzen! Datt is doch immer schon mein Traum."
Ich fing wirklich ernsthaft an zu übalegen, mit die Trüffelfreterei aufzuhören. Abba watt hätt ich dann noch? Die sind et doch, die Freude an Leben geben und de Kraft dafür. Dadrauf vazichten, wo Kraft und Freude in Alter sowieso nachlassen? Näää, datt tu ich nich! Ich ess die Dinger numa für mein Leben gern, egal obse mich dick machen. Ab getz wird mich einfach die Figur egal sein. Damals, als et dä Rubens noch gab, da wär ich en Schönheitsideal gewesen. Datt wa wenichstens noch en Kerl, dä wa für „mehr Frau". Vielleicht läuft ja irgenzwo noch sowatt rum. Ma abwaten…

# Wenner doch nur nich immer ausrasten tät!

Getz muss ich noch schnell watt von mein Matthes erzählen.
Langweilich is dä ja wirklich nich – ich mein, watt so sein Innenleben anbetrifft. Dä kricht nämich ein Anfall nachen andern. Datt sind immer so Phasen, mal lange, mal kurze. De letzte Phase wa ne lange und ne unheimlich schöne. Und ich hatte gehofft, dat se nie aufhören tät. Da hatter nämich gemalt watt dä Pinsel hergab. Die Phase hängt getz in unser Wohnzimmer. Da is wenichstens auch ma watt für mich bei abgefallen.

Getz machter mich in Aumblick total ramdösich mit seine Relativitätstheorie – Gravition oder wie datt heißt. Jeden Tach erzählter watt anderet. Gestern meinter, datt de Zeit an meine Füß wegen de Schwerkraft vonne Erde langsamer vagehen tät, als die Zeit oben an mein Kopp. Also, sachter, wär ich an Kopp älter als anne Füß.
Watte Schwerkraft betrifft, die merk ich eintlich nur immer, wenn Matthes einen in Timpen hat. Abba watt datt vaschiedene Älterwerden betrifft, muss ich sagen, datt glaub ich schon. Denn in Gesicht hab ich wirklich mehr Falten als anne Füß.
Ich hatt ja dä Matthes ers in Vadacht, datt dä datt anzüchlich meinen tät. Abba datt man oben und unten verschieden älter werden tut, scheint ja nu wirklich zu stimmen.
Und dann hatter noch gesacht, datt man beiet schnelle Gehen inne Gehrichtung schrumpfen tät, wie bei die Raketen, wenn die abgeschossen sind. Die würden bein Fliegen kürzer. Hab ich auch auffen Bild gesehen. Konnt dä Quatsch abba trotzdem nich glauben, ääh. Abba Matthes meinte, datt wär eben de Relativitätstheorie.
Dann hatter noch watt vonne Lichtgeschwindichkeit gefaselt. Wenne ich mich immer mitte Lichtgeschwindichkeit fortbewegen tät, würd ich nie älter.

Da ham meine Örkes gleich auf Empfang geschaltet.
„Watt, datt gibbet?", hab ichen gefracht.
„Ja", sachter, „dann müsstesse abba inne Sekunde dreihunderttausend Kilometer laufen können."
Da wa die kleine Hoffnung schon widder in Eimer. Datt könnten doch meine alten Beinkes nie schaffen.
Nä, nä, in Aumblick macht mein Matthes mich richtich ramdösich. Den hat dä Einstein getz total in Griff.
Watt wär ich froh, wenn dä Anfall vobei wär. Am liebsten hätt ich, datter widda rückfällich würd und inne letzte Phase fallen tät. Ich brauchte nämich noch en paa Bilder für unser Kloo.


**Von:** Änneken Schiwinski@nexgo.de
**An:** Edelgard Obermeier
**Gesendet:** Montag, 2. August 2002 20:32
**Betreff:** Unsere Knetkolonne

Hallo, Knetschwester! Hier is datt Änneken vonne Knetkolonne. Danke für deine E-Mail. Schön, datt wer getz elektronisch vakehren können, ne?
Bald isset ja widda so weit. Bald können wer widda nach Herzenslust kneten. Hoffentlich is er nich so

hart wie datt lezte Mal. Da konnt ma ja nich mit abeiten. Weich musser sein. Und de Luft muss raus, nur dann kann watt Richtiget draus werden. Liebse auch so datt schöne Gefühl inne Hand, wennze so an kneten bis, und wenn watt draus wachsen tut, und plötzlich so unter deine Hände wat Schönet draus geworden is? Sei ma ehrlich, Edelgard, datt is doch dann jedesma son richtiget Erfolgserlebnis. Egal watte gemacht hass, ob en Väsken, en Schüsselken oder en Vögelken.
Du bleibs doch inne Kolonne, oder? Auch wenne dich getz ärgern tus, weil bei dein letztet Objekt bein Brennen datt Schwänzken abgegangen is. Et is abba doch unheimlich schön geworden. Kannz et ja ankleben, denn ohne Schwänzken hasse sicher kein Spaß dran. Hätt ich ja auch nich. Abba man muss ja damit rechnen, datt bei all die Väskes, Pöttkes, Engelkes und Vögelkes ma irgenzwo en Sprung oder en appet Schwenzken passieren tut. Is Risiko, wie bei allet in Leem. Also, sei nich traurich. Wir sehn uns hoffentlich widda beiet Kneten. Bis dahin grüßt dich datt Änneken.

# Weihnachtseinkauf

„Tach, Änne! Wie, kaufse auch hier ein? Hier hab ich dich noch nie gesehen?"
„Jo, Auguste, stimmt! Wa nur grad inne Nähe. Mensch, jetzt kamma schon widda für Weihnachten sorgen."

„Da sachse watt, Änne. Die Zeit is so schnell an vagehen. Sach ma, ham die datt hier in Supermarkt nich schön gemacht? So richtich weihnachtlich. Kuck ma da, dä Engel, dä da vonne Decke hängt. – „Friede den Menschen auf Erden", hamse übbern drübber geschrieben. Datt geht einen durch, da wirdet einen so richtich feierlich zumute, ne?"

„Ja, und kuck ma, da übern Engel sein Bauch datt Band, watt da so läuft. Watt steht da drauf? Aktion! – Rollschinken zum Fest, 15,80 datt Kilo. Ich frach mich blos, wo bei datt kleine schmale Dierken dä Rollschinken sitzen soll?"

„Ach, Änne, datt iss doch nur Reklame! Dä Rollschinken krisse doch in Angebot anne Theke."

„Ach so! Aber watt sollen denn die Kinnerkes getz vonne Engelkes denken? Die nehmen denen doch damit de ganze Illustration weg. Und überhaupt, früher war Weihnachten viel schöner und feierlicher."

„Du has ja Recht, Weihnachten iss heut anders."

„Anders? Total zweckentfremdet is datt Weihnachten. Datt hat doch total dä Sinn valoren. Kaum einer weiß doch noch, watt Weihnachten überhaupt bedeutet. Jeder tut doch nur dadran denken, watter noch allet zum Essen auffen Tisch packen kann, ob er datt vaträcht oder nich. Wen interessiert schon de Gesundheit, wennet ihm schmecken tut."

„Abba finze nich auch, Änne, datt de Weihnachtslieder einen immer noch unter de Haut gehen. Oppe willz oder nich, an summen bisse immer, wennze mit dein Wägelken ein Gang nachen andern an abfahren bis."

„Stimmt, Auguste, und dabei musse, wenne an summen bis, de Gedanken ganz schön zusammenhalten, datte nix vagisst."

„Genau, bis praktisch an summen und an denken: - O du fröh... Kalbskopp in Aspik, Kaffee mild, - o du se... Klopapier... Gnade bringende Weihnachtszeit..."

„Bin ich froh, wenn dä Rummel widda vobei is. Watt man sich an son Tach allet zusammenkauft. Da kannze sehn, wie verfressen datt wir alle sind."

„Hass recht, Änne. Wennze anne Fleisch- und Wursttheke de Leut beobachten tus – kuck ma, kuck ma, die da! Da krisse doch en Föhn. Da spürse richtich, wie sich die Stielaugen in datt Fleisch und in die Wurstsorten bohren. Da denkt keiner mehr an BSE. Und sei doch ma ehrlich, kannz du nein sagen, wenn vor son Fest die Vakäuferinnen fragen: „Darfet mehr sein?" Da sachse doch auch: „Ja, ja, lassen se nur drauf, et is doch Weihnachten, und vonnen Schinken außen Angebot können se auch noch einen beitun. Datt sachse doch, wennze von om de Engelkes singen hörs: Freue dich, o Christenheit."

„Jojo, Auguste. Abba kuck doch blos ma die bei die Süßigkeiten. Da fällt dich doch nix mehr ein.

Watt die sich da in dä Wagen reinpackt! Und die da auch, kuck ma! Mannä, wenn die sich datt allet reingehauen haben, na, ich weiß nich. In Winter da geht datt ja noch, da hamse de ganzen Klamotten noch drüber. Und de Kälte hält datt, watt se auffe Rippen haben, ja auch noch en bissken zusammen. Abba lass ma dä Sommer kommen."
„Jau, da sachse watt, Änne. Da gehn se vonne Wärme so schön ausenander. Dann hängt datt allet so richtich schwabbelich über dä Bikini. Da hamse de Last, datt widda runtazukriegen. Und datt geht nich wie bei de Mettwosch, wenne die nämich inne Sonne lechs, dann läuft da datt Öl raus."
„Mensch, Auguste, wär datt nich super, wenn datt auch bei uns so ging. In Winter könnze essen, watt datt Zeuch hält, und in Sommer lechse dich einfach inne Sonne und läßt Öl ab."
„Muss dann aber nur aufpassen, Änne, datte nich zu viel ablässt, sonz wärse schrunzelich. Dann fängse nämich widda an reinzuhauen, weilze meinz, datte Falten sich wieder glätten täten. Un wennze Pech hass, dann wirse wie unser Nachba. Du, datt is son Kawenzmann. Gegen den iss unser Altbundeskanzler Kohl noch unterernährt."
„Weiße watt, Auguste? Ich stell mich grad vor, wenn datt wirklich bei uns Menschen auch so ging wie bei die Mettwosch, und dein Nachbar und dä

Kohl sich gemeinsam anne Wedau inne Sonne legen täten, dann wär de Regattabahn nur noch ein einziget Fettauge."

„Jau! Super! Ölgewinnung auf ganz einfache Art. Du, Änne, datt hätt sicher Zukunft. – Außen Kohl Öl gewinnen, ha ha! Dann wär dä doch widda zu watt nütze!"

„Da bin ich nich so sicher, Auguste. Datt musse dich ma durchen Kopp gehen lassen. Außen Altbundeskanzler Öl, datt wär ja dann Altöl und datt tät doch dann de Umwelt vaschmutzen."

„Meinze, dadran wär noch watt zu vaschmutzen?"

„Ach, Änne, wollen wer uns doch dadrüber dä Kopp nich zerbrechen, da vaderben wer uns doch nur de Weihnachtsstimmung. Lassen wer datt einfach."

„Abba et wa schön, datt wer uns getroffen haben. Geht doch nix fürne fanünftige Unterhaltung. Getz muss ich abba gehn, sonz is dä Matthes eher zu Haus als ich, und dann gibbet widda Knies."

„Jo, datt iss schon sowatt mit die Kerle. Machet gut, Änneken. Kannz ja ma offen Tass Kaffee kommen, dann quasseln wer widda en bisken. Getz feiern wer ers ma – und sündigen nach Strich und Faden – Ärzte wollen schließlich auch leben. Machet jut und fröhliche Weihnachten."

# Wennet einen trifft

„Na Lehnchen, wie geht et dich denn so, und watt macht eintlich dä Heini? Den hab ich schon ewich nich mehr gesehn."
„Ja, Änneken, dä hatte auch richtich Pech. Abba getz geht et ihn widda besser. Dä hatte sich in Urlaub de Zeh beiet Schwimmen gebrochen."
„Wie kaman sich denn in Wasser en Zeh brechen?"
„Mann, datt wa ganz dramatisch. Dä war auffen Rücken an schwimmen und sich so richtich kräftich an abstoßen, dabei hatter einen, der neben ihn schwimmen tat, so feste an Kopp getroffen, datt dä Zeh gebrochen wa. Dä eine is dann untergegangen, Abba dä Heini hatten noch retten können."
„Junge, Junge, watt einen allet so passieren kann! Abba eintlich hatter ja noch Glück gehabt, wenn ich so an mein Nachba denken tu. Kennz doch Kalle, dä Maurer, ne? Watt dem passiert is, datt kann kaum einer glauben. Dä wa in Dortmund annen Neubau in fünften Stock an abeiten, datt heißt, dä wollt grad Feierabend machen. Dä brauchte nur

noch de restlichen Steine nach unten zu transpotieren. Datt warn ungefähr noch so 250 Kilo, sacht dä Kalle. Dä Kalle ging also nach unten, um datt Seil festzumachen, damit er de Steine inne Tonne laden und mitten Seilzuch nach unten lassen konnt. Alser de Steine oben alle inne Tonne hatte, ginger widda runter, löste datt Seil, um de Tonne langsam runter zu lassen. Wo dä abba nich mit gerechnet hatte, de Tonne woch getz 250 Kilo und dä Kalle nur 80.
Statt getz datt Seil los zu lassen, hielter sich dran fest und schoss wie enne Rakete nach oben. Ungefähr annen dritten Stock kamem de Tonne entgegen, die haute gegen sein Kopp und hattem noch irgend watt gebrochen. Kalle schoss weiter hoch, de Tonne schoss weiter runter.
Als se unten aufschluch, löste sich dä Boden vonne Tonne, de Steine blieben unten und de leere Tonne schoss widda nach om und dä Kalle mit seine 80 Kilo natürlich nach unten.
Annen dritten Stock kolidierte Kalle widda mitte Tonne, die brachem dann en Knöchel und brachtem noch Valetzungen an sein Unterleib bei. Durchen Zusammenprall mitte Tonne abba wa zum Glück de Geschwindichkeit watt gebremst, so datt dä Kalle sich bein Aufprall auffe Steine, die da all lagen, nur noch en paa Rippen brach. Dann

wurder bewusstlos, und datt wa ma en Glück für ihn, weil er nämich datt Tau losgelassen hatte, und de Tonne, die ja getz oben wa, sauste widda runter knallte auf Kalle seine Beine und brach die auch noch. Dä Schmerz issem wenichstenz erspart geblieben.
Endresultat: Enne Gehirnerschütterung, en gebrochenet Schlüsselbein, gebrochenen Knöchel, Valetzungen an Unterleib, gebrochene Rippen und gebrochene Beine. Mehr geht doch wohl nich, oder?"
Wenner doch blos eher bewusstlos geworden wär, dann wärem doch watt mehr erspart geblieben, meinze nich auch, Lehnchen? Da kannze nix mehr sagen, watt?"
„Mein Gott", sachte Lehnchen, „datt nennt man enne echte Kettenreaktion. Watt is da schon en gebrochenen Zeh. Datt will ich ma mein Heini erzählen, dä is nämich schon wehleidich, wennem ma son Fürzken quer sitzt."
„Ach ja, so sindse eben, de Männer. Fast alle sind se wehleidich.

# Datt, watt für dä Mann so wichtich is

„Dä Bauch iset", sacht Knüppelmann für seine Autorität, als em beim Schuh anziehen de Luft weg bleibt. Ganz rot is sein Kopp, und de Augen stehen raus wie zwei Teleskope.
„Datt sind de Bierkes", sacht Frau Knüppelmann, „die solze ma aussem Bauch lassen."
Datt streitet Knüppelmann ja ga nich ab. Bei son Bierken da fühlter sich nämich mächtich wohl – besser gesacht, da fühlter sich wie en Mann. Und datt is deshalb so, weiler von seine Frau sone unheimlich hohe Meinung hat, datter sich einfach immer wie en Zwerch vorkommt.

„So, de Schuhe hätten wer schoma", sachter, als er vor dä Spiegel tritt, um seine untere Hälfte in Augenschein nehmen zu können, denn übba seine Bierblase nach unten kucken kanner schon lange nich mehr.
Getz, so aufrecht, sich inne ganze Pracht und Herrlichkeit sehend, denkter, nich übel, stattlich, stattlich, wenn da unten an Länge nur nich watt fehlen tät.
„Et fehlen mindestens 2,3 cm", rufter inne Küche rein.
Frau Knüppelmann kommt sofort, kuckt nach unten und sacht ganz bestimmend: „Die Länge is gut!"
„De Länge is nich gut!", sacht Knüppelmann. Und dann fangen se sich fürchterlich an zanken. Bis dä Zwerch Knüppelmann sich plötzlich, für Frau Knüppelmann ganz ungewohnt, in die Brust schmeißt, wobei en heftigen Ruck durch seine Hose geht, und energisch zu vastehen gibt: „Vorne en Knick und an Absatz aufliegen, so muss de Hose sein! Besser en paa Zentimeter mehr, als Hochwasser zu riskieren, Basta!"
Und damit wa de Stilfrage für „unten rum" für immer geklärt.

# Freitach, und de Muse kitzelt...

Nä, nä, watt is blos mit mein Gedächnis los? Da leid ich seit Wochen unter ne Gehirnvastopfung. Nix mehr mit Schreiben. Seh mich schon vablöden. Und auf eima – schwupp, da spür ich en widder, dä – dä – Kuss vonne – Dingsda – vonne Muse. Getz könnt ich widder, abba et is Freitach – Putztach. Da hängt mich dä Matthes immer mit dä Staubsauger auffe Versen. Putzen is nu ma wenichstens eima inne Woche en Muss.
Also, de Beißerkes fest aufenander fang ich lustlos an, de Klamotten und dä Staub von rechts nach links zu befödern. Und in mein Kopp routieren mächtich de Gedanken – die routieren wie dä Staub, dä ich getz mit mein Wedel an vateilen bin. Schade, nu werden de Gedanken ersma in Staub gehüllt. – Olala! Datt wär doch en klasse Titel! – „Gedanken in Staub gehüllt" – Eintlich sollt ich se schnell aufschreiben, de Gedanken, mein ich, bevor se weg sind. Abba da liecht datt Problem: Sieht mein Matthes mich schreiben, dann sachter: „Nu mach doch, Änneken!"

Also, weiter de Beißerkes aufenander drücken und de Gedanken in Kopp behalten und janich vagessen...
So, endlich hat die Putzerei en End. Und getz? Ers ma en bissken ausruhn? – Abba nä, vorher wollt ich doch noch irgenzwatt – watt wa datt nur...?

# Blutrache

En schönet Gefühl is datt, wenne endlich inne Heia liechs, de Muskeln sich an entspannen fangen, datt Rauschen vonnet Blut an leiser werden is, wennet dann an Schluss in Kopp so wattich wird und der Terminkalender sich an vawischen fängt. Und wenne dann noch en Engel singen hörs – sssss – dann fülze dich wie in Himmel.
Abba bis in Himmel schaffte ich datt diesma nich. Kurz bevor ich an abnippeln wa, ließ de Frau Wüllenweber, die über meine Wohnung wohnt, watt fallen. Schon wa dä Terminkalender widda ganz deutlich in mein Kopp. Abba datt Engelken, datt wa noch an singen, datt wa so nah, datt ich soga sein Flügelschlach an meine Backe spüren konnt.

Dann wa ich dann richtich wach und de Erleuchtung kam. Datt wa überhaupt kein Engel, datt wa ein von die widalichen durchsichtigen Biester, datt sich an mein Blut gütlich tun wollt.
Ich raus aus datt Bett, Licht an – nix zu entdecken. So saß ich da und watete. Nix tat sich. Raffiniertes Bist! Mich wirs du nich anzappen! Ich saß ganz ruhich, fühlte mich abba immer beobachtet.
Da wa et dann widda – sssss – nervtötend, sach ich euch, wie datt ja nu ma nervtötend is, wennze schlafen wilz und nich kannz. Für Sekunden hat ich et plötzlich in mein Blickfeld, fasuchte et zwischen meine Handflächen zu zerdrücken – nix – datt Biest wa schneller.
Ne Klatsche müsst ich getz ham, dacht ich, ne Klatsche – und schon sssst-tete et widda an mein Gesicht vobei. Et wa mich doch einfach übalegen, datt Biest, und datt ärgerte mich imma mehr.
Da kamma doch nur strategisch vorgehn, dacht ich. Und datt tat ich dann auch.
Punkt 1: Dä Gechner orten, langsam nähern und – patsch...
Punkt 2: Absicht nich erkennen lassen, gleichgültich wirken...
Ich zoch Punkt 2 vor, machte die Flimmerkiste an und konzentrierte mich auf Punkt 1. Et tat und tat sich nix. Dann en leiset sssss – Stille. Ich kuckte

mich um. Et saß auf datt Fußteil von datt Bettgestell und schien zu triumphieren.
Bo, da packte mich die Mordlust. Abba ich war mich nich so sicher, ob ich datt jemals können tät. Abba datt kleine Luder hatte sonne Macht übba mich. Ich wa an kochen, holte en Tuch und watete...
Da, anne Wand saß datt Biest. Ich holte aus und – weg waret widda. Imma widda vasuchte ich datt – nix. Datt Mistvieh schien enne ausgeprägte Wanehmung zu haben. Et wa mich einfach an Raffinesse weit übalegen.
Gegen Morgen schlief ich dann bei annen Fernseher vor Erschöpfung ein.
Als ich wach wurd, traute ich meine Augen nich. Genau übba mein Bett saß et, dick und fett. Auf mein Arm entdeckte ich enne große, rote, juckende Delle. Hat datt Biest mich doch in Schlaf erwischt. Feiges Luder!
Seine Hinterlistichkeit ließ mich karakterlich fast unkenntlich werden. Ich nahm datt Tuch... Diesma schien dä Spürsinn von datt Viech abba zu vasagen. Meine Übalegenheit musste ich getz ausnutzen. Langsam ging ich aufe Wand zu, drückte blitzschnell datt Tuch fest aufe Stelle, wo datt Biest saß und hörte richtich datt knacken, als dä fette

Körper platze. En Blutfleck aufe Wand und einer im Tuch.
Mich wa et überhaupt nich gut. Ich hatte et tatsächlich getan. Abba dann hab ich mich getröstet, schließlich wa et ja mein Blut watt ich vagossen hab...

# Getz brat mich doch einer en Storch!

Diäten, Diäten, nur noch Diäten bin ich an vasuchen! Durch datt ganze Buch hab ich mich schon en paamal hin und zurück probiert. Kann ja schon an nix anderet mehr denken.
„Für watt machse datt eintlich?", fracht mein Matthes dauernd.
Datt is widda tüpisch Mann. Dem isset doch egal, ob sein Bauch immer eher in Wald is als datt ganze übrige von seine Erscheinung. Ich bin nu ma nich geil dadrauf, immer hinter meine Wampe herzulaufen. Ich möcht zusammen mitse gehn, wie sich datt fürn intakten und richtich gewachsenen Menschen gehört.
Einfach is datt numa nich mit die Diäten, abba wennze durchgehalten hass, dann sind immer en

paa Fündkes runter. Datt is dann jedesmal son kleinet Erfolgserlebnis. Datt Problem is nur, datte nach die ganzen Entberungen total gierich geworden biss. Dann hauße widda rein wie ne Geisteskranke, biss praktisch so gierich, datte en Kind vonne Straße essen könnz, und schon sind de Fündkes widda drauf."

„Dann kannze dich doch gleich datt ganze Gedöne sparen", meint Matthes.

Manchma glaub ichet auch, datt ich aufen hören sollt. Abba mit dä Sommer, dä getz widda vor die Tür steht, kommt dann auch die Panik. Dann such ich doch nach ne neue Diät, damit die Pölzterkes ganz schnell vaschwinden, damit dä Bikini von letzten Jahr widda passen tut.

Getz hab ich doch neulich watt von Abgeordneten-Diäten gelesen, datt die erhöht werden sollen.

Da konnt ich doch einfach nix mit anfangen. Diäten erhöhen, wie soll datt denn gehen? Datt is sicher watt für ganz Fette. Jedenfals hab ich ers ma in mein neuet Diäten-Buch gekuckt. Da steht abba von Abgeordneten-Diät nix drinne.

„Has du schoma watt davon gehört?", hab ich mein Matthes gefracht. „In datt neue Buch steht davon nix."

„Änneken, datt kann doch auch nich. Die Diäten für de Abgeordneten sind doch ganz watt anderet –

watt gegensätzlichet sozusagen – watt für de Brieftasche."
„Watt für de Brieftasche?"

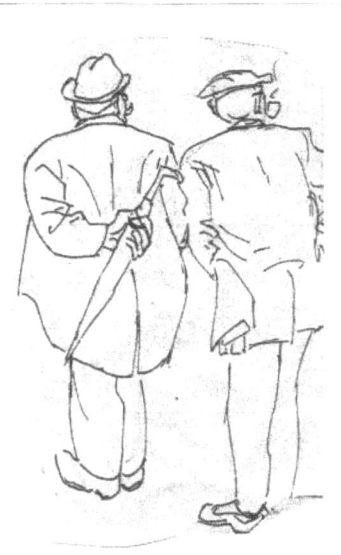

„Ja, von die Diäten werden nämich die Brieftaschen dicker, während du von datt, watte in dich reinstops, dünner wirs.
Ich werd dich datt ma erklären. Du muss dich datt so vorstellen: Die Abgeordneten tun uns, datt Volk, vatreten. Deshalb nennt man se Volksvatreter. Und die kriegen dafür Geld, und datt nennt man Diäten. Warum datt so heißt, datt weiß ich auch nich. Die kriegen also Diäten als Taschengeld sozusagen, weilse sich für uns, die wir datt Volk sind, schrecklich aufreiben und abrackern tun. Wennze vastehs,

watt ich meine. Und da datt, wie se sagen, ene überdurchschnittliche Abeitsbelastung is, wollen se getz datt monatliche Taschengeld auf 7.000 Euro erhöht haben. – Sach ma, ich denk, du liest de Zeitung? Oder kucks du dich nur de Todesanzeigen an?"

„Nä, Matthes, nich nur, abba auch. Wenn datt stimmen tut, mit die 7.000 Euro, dann vasteh ich die Welt nich mehr. Mit 7.000 Euro müssen wir viele Monate auskommen, und datt kriegen die Volksabtreter als Taschengeld? Watt tun die denn dafür?"

„Uns vatreten, Änneken, uns vatreten!"

„Wie vatreten die uns denn? Wenn die in Fernsehn sind, sitzen die doch nur rum, als wären se in Sitzstreik. Und dann denk ich immer, die brauchten dringend ne Obst- und Gemüse-Diät wegen die vielen Vitamine, die ja nu ma munter machen. Damit die mal endlich en bisken lebendiger aussehen täten. – Vatreten, vatreten! Wenn die uns richtich vatreten täten, hätten wer sicher auch en bisken mehr auffe Tasche. Nä, nä Matthes, Datt is einfach ungerecht."

„Ja, Änneken, so is nu ma de Politik."

# Getz muss ich watt von en Freund erzählen

Da fasste dä sich doch ganz plötzlich an datt Herzken.
"Perfekt!", sachter. "Wie lebendich – wie interessant. So hab ichse mir vorgestellt."
Gott, wa dä Mann glücklich. Datt konnt man richtich sehn. Dä wird se bestimmt heut Nacht neben sich liegen haben...
Richtich entrückt wa sein Blick, als er de ausgefranste Jeans an abstreifen wa und datt Plümo von sein Bett zurückschlagen tat. Dabei lies er se nich auße Augen. Hat se soga ab und zu ma ganz zärtlich mit de Hand berührt.

Und plötzlich, wie von son – Dingsda gestochen, schnappter se sich, sinkt auffen Bettrand, kucktse sich noch ma richtich an – ers en bissken iritiert, dann ganz kritisch...
"Wie konnte ich nur", riefer, "wie konnte ich sie nur für vollkommen halten?!"
Diesma stricher nervös mitte Hand überse. In sein Kopp begann et zu kreisen. Datt konnt man merken.
"Vielleicht kann ich sie ja noch ändern – ja, ändern...", sachter immer so vor sich hin und fing anse rum an streichen – stundenlang. De Augen warenem schon an zufallen, bis se ihm vor Erschöpfung endgültig runterklappen taten. Et wa ja auch schon vier Uhr morgens.
Alser schweißgebadet widder wach wurd, lachse da inne grelle Morgensonne, total verschangeliert. Dä müde Blick lustlos aufse gerichtet, warer wohl an denken, obet wohl Zweck hätt, nochma an se dranzugehen...
Dann stürzter sich doch wildentschlossen wieder aufse. Sein Kopp schien aufeima ganz klar, allet andere ganz locker zu sein, und dann sprudelte et richtich außem raus...
Endlich warer fertich. Er hatte et doch noch geschafft. Ließ de Augen widda überse gleiten und

sachte total erschöpft: „Jetz isset doch noch enne gute Geschichte geworden!"
Sehter, so iset nu ma bei de Schreiberlinge. Schreiben is doch ene echte Maloche.

## Ja, ja, die Verwandtschaft...

Traf ich doch neulich Kusine Adele. „Mensch, ham wer uns lange nich gesehn", sacht se, „seit die Beerdigung von dä Hannes, glaub ich. – Sach ma, wa datt nich ne schöne Beerdigung, Änneken?"
„Adele, watt is denn anene Beerdigung schön? Wirs rausgeschmissen aus datt Leem, einfach absäviert, komms inne Kiste, Deckel zu. Hass nix mehr zu melden. Watt is denn da schön dran?"
„Ich mein ja nur, weil datt so feierlich wa."
„Ja, feierlich wa datt wirklich. – Datt kannze übrigens auch haben wennze wills. Brauchs datt nur so zu machen wie früher dä olle Willem, dä bei uns auffe Straß wohnte. Kannze dich nich mehr dadran erinnern? Dä studierte doch jeden Tach de Todesanzeigen inne Zeitung, zoch sich dä schwaze Anzuch an und mischte sich einfach unter de Trauergäste. Dann hat dä mit en ganz trauriget Gesicht

de Weinenden de Hand gegeben und gesacht: 'Et wa en feiner Mensch, ich haben sehr gemocht.' Inne tiefe Trauer hat ihn doch keiner nachen Namen gefracht. Datt wa ene richtige püchologische Überlegung von dem, datt muss man ma ers können. – Nachher saß dä dann mitten zwischen de Trauergäste und hat sich vagnücht de Wampe vollgehauen. Du kannz ganz sicher sein, datt dä en feierlichet und en billiget Leben hatte."

„Keine schlechte Idee – keine schlechte Idee...", sachte Adele nachdenklich, und et sah aus, als wenn se datt in ihren Kopp vadächtich genau verabeiten tät.

„Na, na, Adele, du wirs doch wohl nich...?", sach ich. „Nich datte dich aufeima zu sehr nach die Feierlichkeit sehnen tus, und ich dich nur noch auffen Friedhof find."

„Änneken, watt denkse denn, watt ich für eine bin?"

Da hab ich natürlich nich ehrlich drauf geantwortet. Ich konnze ja nich beleidigen. Abba et müsste mit dä Düfel zugehen, wenn die son guten Tipp unbeachtet lassen tät.

„Naja", sach ich dann noch ganz teilnahmsvoll für se, „datt wär doch nich schlecht für dich. Dann kämse auch besser mit deine Rente aus."

Ich bin gespannt, wann ich die datt erstema zwischen en fremden Trauerzuch sehen tu.

# Außen Clubleben

**Wennze nich alt sein wilz, musse innen Club gehen...**

Annefürsich iss datt nämich so, da meinze, wenne ma an denken fängs, datt datt Leem nich mehr datt iss, watt datt Leem eima wa. Da gehse in son Club rein und allet ändert sich schlachatich. Dann fährse doch tatsächlich nach 30 Jahren Abstinänz widda voll auf Kaneval ab und auf all die jecken Typen. Schmeißt dich soga inne sonz nich üblichen Klamotten, ganz gleich, op de Nachban denken, datte aufeima einen annen Appel hass. Da bisse Helau an schrein, Babbelkes an schrappen und an bandusen. Biss son richtich lustiget Dierken, datt denkt, et hätt getz aufeinma datt Leem entdeckt; tus singen, tus tanzen, und dabei brauchse dich noch nich ma einen abmurksen, nä, datt brauchse nich, weil datt nämich allet schoma da wa und allet noch in einen drinnstecken tut.

Datt wa inne Eile von datt Leem nur vaschütt gegangen.
Und ganz langsam fallen dich de Schuppen vonne Augen, weilze merks, datt dein Herzken noch total jung iss, fühls widda, wie plötzlich datt Blut in deine Adern an kloppen fängt und erkennz, datte wegen son paa Falten außenrum ga nich dröch sein brauchs. Und dann weiße widda, datt datt Leem gelebt werden will, bisse nich mehr kannz, egal, ob in Kaneval oder sonzwo...

# Discoabend

Datt wama widder en Abend! Da ging de Post ab. Mit en paa von unsern Club wa ich inne Disco für de reifere Jugend. Hauptsächlich bin ich ja mitgegangen wegen de Musik. Ich wollt mal endlich wissen, wie die Musik inne Disco sich anhören und auf mich wirken tut, und warum de Jugend so geil aufse iss.
In Leben gibbet ja für allet Musik. Anfangen tut et mit dat Wiegenlied und de Kinderliedkes. Dann brauchse Musik für zum Schmusen, dann Musik für en gemeinsamet Tänzken, und Jazz gibbet und

Disco-Musik. Ja, und an Ende von datt Leem kannze dich dann noch en Masch blasen lassen, wennze wilz.
Als ich de Frau Wüllenweber von nebenan erzählen tat, datt ich inne Disco für de reifere Jugend wa, da sachte die doch ganz gehässich: „Meinz wohl überreife Jugend, watt?"
Die hat enne ganz gemeine spitze Zunge, bildet sich watt ein, weil se in unsere Häuserreihe mit ihre 59 de jüngste iss, fährt Rollerscates, dabei schnallt se sich so komische Knubbel auffe Knie, trägt Minniröcke und in Sommer hab ich se soga mit en Tanga auffen Balkon gesehen. Schrecklich, sach ich blos. Die wa ja schon vor 20 Jahren in unsern Viertel de Gesichtsälteste. Die sich überhaupt innen Tanga vorzustellen iss schon ne Qual. Abba der hab ichet gegeben. „Klar", hab ich für se gesacht, „mit meine Jährkes auffen Buckel gehört man schon nich mehr bei de reife Jugend, datt stimmt schon, abba et kommt doch schließlich immer auffe Sorte an. Manche Sorten halten sich eben länger. Und außerdem, wer guckt inne dunkle Disco schon so genau hin."
Mit de Frau Wüllenweber kannze dich einfach nich vanünftich unterhalten.
Abba ich muss sagen, die Disco wa nich schlecht. Soga en Buffet hatten die. Nich nur Buletten,

Wöschkes und so, nää, allet vom Feinsten. Da konnze reinhauen, watt datt Zeuch hält. Wa allet inne sechs Mak Eintritt enthalten. Nur de Getränke musste se noch zahlen. Abba watt trinkt man in unsern Alter schon, mal en Mineralwässerken, und weile ja immer an essen biss, mal en Verdauungsschnäpsken für de Bekömmlichkeit, klappt ja nich mehr allet so, wie man möchte.

Die meisten waren nur an essen. Brauchtes ja auffe Jouls nich achten, weilze die ja hinterher widder abstrampeln tats. Und datt iss datt Feine anne Disco, da brauchse keine Kerle zum tanzen, gehs einfach allein auffe Tanzfläche, stampfs mitte Füß und ruders mitte Ame, und ohne dattet merks, kommt son ganz bestimmten Dreh rein, als wär son Virus übergesprungen.

De Lichtverhältnisse können dä Kreislauf schon manchma ganz schön an wackeln bringen. Und de Lautstärke ma ers! En Schwätzken halten, datt konnze dich sowieso vonne Backe schmieren. Dafür iss ne Disco numa nich geeichnet. Da isset ja nich so wie bei Hazy Osterwald, so schnuckelich und romantisch wie damals in unsere Tanzdielen. Ehrlich gesacht, ich bin richtich froh, datt ich da meine Sturm- und Drangzeit schadlos übastanden hab. Bei dä Krach inne Disco wirse nämich mitte Zeit irgenzwie ramdösig.
Getz weis ich auch, warum de Blagen sich immer nur anschreien tun, die können ga nich mehr leise sprechen, weil se getz schon nich mehr richtich hören. Abba is ja nich schlimm, et gibt ja Hörgeräte, die dann irgenzwann bei die Mode gehören tun. Wie kann man nur auf sowatt geil sein? frach ich mich.
Draußen hab ich dann heimlich meine Ohrstöppkes auße Ohren genommen. Brauchte ja keiner zu merken, ne?

# Clubausfluch

Musik hört doch wohl jeder gern, oder? Wa ich doch neulich auffen Sommerfest vonne D'dorfer Symphoniker mit noch en paa auß unsern Club – ja, außen Club. Wir gehen nämich nich nur inne Disco, nänä, wir tun auch viel für die Bildung. Wenne mit 50 noch keine has, in unsern Club da krisse von jede Bildung watt ab.
Ich sachet euch, dä Tach wa so richtich Balsam für de Seele. Und allet für elf Mak, inklusive Hin- und Rückfaht. Für billiger kamman sich doch nirgenzwo amüsieren – (außer inne Disco natürlich). Und watt die da gespielt haben, datt hätt jeden Musikbanausen von Hocker gerissen.
An Schluss sollte et dann nochen Rausschmeißer geben. So nennen die datt Abschlussstück – die Zugabe sozusagen. Abba da wurden dann fünf draus. De Zuhörer waren nämich an rasen und an rasen. Da konnten de Musiker ga nich aufhören, selbs wennset gewollt hätten.
Klasse wa datt. Anschließend wurd dann allet besichtigt, auch de Bühne – de Bretter, die watt de Welt bedeuten tun sozusagen. Da konnt denn ma jeder draufstehn und spüren, wie sich datt so anfühlt, wennze en Star biss. Dann hamse uns watt

über Becken erzählt. Für die, die datt nich wissen, watt Becken sind, erklär ich datt ma: Becken iss nich datt, watt bein Gehen immer so hin- und herwackeln tut. Nänänä! Becken brauchen die beim Musik machen. Die sehen so aus wie Pottdeckel. Gibt große und kleine, und dä, dä damit abeitet, hat in jede Hand einen und schlächt die immer gegenander. Aber nur, wenner drann iss. Datt gibt dann son Knall, und dä weckt dann alle die außen Publikum auf, die schon an schlafen sind. Manchma konnze richtich sehen, wie die an zusammenzucken waren.
Dann hat uns auch noch einer watt auffe Orgel vorgespielt. Bo, datt wa schön, wie inne Kirche. Richtich feierlich.
Datt wa son richtich lehrreichen Tach, ehrlich!
Et tut richtich gut, wenn man seine Bildung vagrößert hat.

# Datt is noch echte Musik

„Au, watte ma! Da muss ich noch schnell watt erzählen. Neulich wa ich inne Säule, kennen doch alle de Säule, oder? Düsburchs kleinet Theater. Da wa Teddy Technik, meine Lieblingsband. Die Jungs sind ja nich mehr so ganz frisch, abba se passten zu datt Puplikum, datt zwischen 50 und 80 wa. Und ich sachet euch, die reißen einen echt auße Latschen, wenn die ma loslegen tun. Weiße, die spielen Rock 'n' Roll und so. Kennze die Band?"

„Ja, die kenn ich. Abba die vielen Musiker inne kleine Säule? Datt kama sich doch überhaupt nich vorstellen. Da kann doch vonne Säule nix mehr übrich bleiben, weil die doch da glatt de Schallmauern durchbrechen tun."

„Die Mauern vonne Säule ham datt ausgehalten. Abba mich hättense vonne Mauer kratzen können, wenn ich de Ohrstöppkes nich mitgenommen hätt, datt kannze glauben. Watt meinze, wie datt durchet Knochengerüst und datt Sonztige gehen tat. Datt hätt bestimmt jeden Herzschrittmacher außer Betrieb gesetz. Abba ich denk, da waren keine miten Herzschrittmacher und datt wa en Glück! Sach ich dich. Datt muß man sich ma rein tun in dä Kopp, wenn da son paa tot umgefallen wären. Da wär doch de ganze Stimmung kaputt gegangen. Getz weiß ich auch, warum die sich Affekthascher nennen."

„Abba Änne, Effekthascher, Effekthascher!"

„Watt sachse denn da? Du was doch überhaupt nich dabei. Datt hättze ma erleben müssen. Da wa inne ganze Säule kaum einer, dä nich in Affekt wa. Sogar de Achtzichjährigen. Datt man in datt Alter noch so ausrasten kann!!! Da kannze doch ma sehn, brauchs nur mal en bissken anne Patina kratzen, und de Jugend is widda gegenwärtich. Da fangen de alten Knochen widda an klappern. Da wirse aufgeschäumt, da fängse an überquellen, sach ich dich. Ich find datt Gefühl einfach herrlich!"
„Änne, Änne du wirs nie erwachsen."
„Du bis abba echt alt!"


# Hallo, Leute,

watt is nur los mit euch? Alle klagen übba datt Alter. Datt is nu ma dä Lauf von datt Leem. Da muss jeder durch, dä eine länger, dä andere weniger lang.
Na gut, ich geb ja zu, dä Kopp dä schwindelt – de Beißerkes sind weg – kucken kamma nich mehr richtich – de Horchlöffelkes lassen zu wünschen überich... Abba für datt Gebiet da om gibbet doch jede Menge Ersatzteile, und die lassen einen dann widda richtich gut ausse-

hen. Auch datt Übrige is schon teilweise austauschba. Und für de Unpeßtlichkeiten gibbet von Dokter Tröppkes.

Datt is genau wie bein Auto. Wenn datt irgenzwann nich mehr funktionieren tut, muss man et inne Werkstatt bringen, paa neue Ersatzteile rein, bisken Öl und Kühlwasser, und schon löpp datt widda.
Also regelmäßich, abba allet in Maßen, besonders datt Fett, dann bleiben auch wir an laufen.
Problematischer is datt mit de Figur. Watt sich da so in datt Leem an einen so rundrum angesammelt hat, datt kricht man einfach nich mehr runter. Dann is man an leiden und an leiden. Manche tun sich soga vastecken.

Da bewunder ich ja de Frau Wüllenweber von nebenan. Die kann ich zwa nich leiden – abba Hut ab! Die macht sich aus nix watt. Die wa sowieso schon in unsere Häuserreihe immer de Gesichtsälteste, und getz ma ers. Abba die fährt noch Rollerscates mit so Knubbels auffe Knie und trächt ganz kurze Faltenröcke. Die passen soga zu der ihr Gesicht. In Sommer hat se son Tanga an und liecht auffen Balkon. Datt is echt schrecklich anzusehen, und für de Nachbarn fast schon Körperfaletzung. Abba die denkt nich ant Alter. Die iss wie se iss, und se tut leben wiese will.
Watt soll überhaupt de ganze Quasselei dadrüber. Datt kann doch so schön sein, datt Alter, man muss blos watt draus machen. Et muss ja nich datt sein, watt de Frau Wüllenweber macht, neee, datt musset nich. Da geht ma einfach innen Club unter Menschen. Da is man gut aufgehoben. Da zeigense einen schon, wo et lang geht. Da fühlt man sich überhaupt nich mehr alt und beweint auch seine Falten und Furchen nich. In Alter trächt man eben nich mehr knitterfrei, dadrüber muß man sich in Klaren sein. Und überhaupt, Schönheit kommt doch von innen.
Immer lachen, datt macht echt schön.
Also, löst euch von dä Gedanke, alt zu sein. Startet frohen Mutes in dä nächste Lebensabschnitt.

An Schluss möchte ich allen noch en paa Worte mit auffen Wech geben, die mich beien ganz lichten und ernsten Moment eingefallen sind:

Wie tun wer doch
son schönen alten Baum bewundern.
Dä hört nie auf, Knospen zu kriegen,
wenn die dann offen sind
sieht dä wieder jung und frisch aus,
egal wie rissig und schäbbich
sein Stamm is.

Merkt euch datt ma, Leute!

## Auße Presse

Ich glaub, datt datt arch wichtich in Leem is, dattma sich immerfort bilden tut. Bildung iss einfach allet, sonz kannze nirgenzwo mitreden. Also ich für mein Teil – ohne de Bildzeitung schmeckt mich kein Frühstück. Nä, wirklich nich. Ich bin immer auffen Laufenden, watt inne Welt und bei die ganzen Promis so geschieht. Watt man da so erfahren kann.

Zum Beispiel hab ich neulich watt über chinesische Tierzeichen gelesen. Ich zähl ma nur auf, watt da stand. Seine Meinung dadrüber muss sich abba jeder selber bilden, ne?
Also, nach die chinesischen Zeichen is dä Norbert Blüm en Wildschwein. Dä Gysi übrigens auch. Joschka Fischer is ne Ratte, dä Stoiber ne Schlange, Lafontain ne Ziege – ne Ziege? Na ja... Jedenfalls auf Chinesisch kricht da jeder sein Fett weg.

Datt is doch super, ne? Hasse ma auffen Politiker Wut in Bauch, oder kannzen nich leiden, wie ich zum Beispiel dä Gysi, dann kannze dich so richtich auslassen. Ganz einfach so. Stehs vorn Gysi oder vorn andern, muss nur en freundlichet Gesicht dabei machen, wennze sachs: „Herr Gysi", und dabei

tuse so, als würzen anhimmeln, „Herr Gysi, Sie sind en Wildschwein.
Dä kann dich dann noch nich ma anzeigen wegen Beleidigung, nä, datt kann dä nich, dä weiß ja nich, oppe datt deutsch oder chinesisch gemeint has.

Getz hat doch tatsächlich einer angefangen, datt Kommunikationsverhalten vonne Gummibärkes zu erforschen. Ja, ärlich. Datt stand neulich inne Zeitung. Irgend son Prof. en Dr. phil. dä forscht dadranne rum.
„Sprachliche Varietäten bei Gummibärkes", nennt dä datt.
13 Bärkes hat dä auffe Fensterbank ausgesetzt, um de Kommunikationsstrukturen in freier Wildbahn zu erforschen. Genauso stand datt inne Zeitung. Beknackt, watt?
Aber de Bärkes sollen keine Miene verzogen haben. Die räusperten sich noch nichma.
Tät ich ja auch nich, wennse mich annet offene Fenster setzen täten, so nackich wie datt die waren.
Dadrüber tat sich dä Prof. dann auch noch wundern und meinte, datt wären besonders schüchterne Wesen. Gummibärkes täten sicher nur kommunizieren, wennse sich unbeobachtet fühlen täten.

Also, hatter sich vadünnisiert – jedenfalls tater so. Und damit die Bärkes auch mitkriegen sollten, datt dä Prof. sich außen Zimmer schleichen tat, hatter so ganz locker bein Rausgehen gesungen: „Tanderadei, Holladrio!"
Bescheuert, watt?

Ich wußte doch, datt die Bärkes leben

Dann tat dä abba ane Tür lünkern. Dä musste ja kucken, watt die da machten, weiler ja an forschen

wa. Ich glaub eher, datt dä aufpassen wollt, damit dä Thomas Gottschalk nich an datt Fenster kommt und de Bärkes alle in sein Rachen reinschmeißen tut. Damit hätt dä dem doch de ganze Tour vermasselt. Abba ich glaub, datt dä grad in Fernsehen de Bärkes an vanaschen wa.
Jedenfalls, als dä Prof. sich nach ne Weile widda ganz leise anne Bärkes ranbaggern tat, sollen sich de Dierkes gerade kleine beschriebene Papierschwälbkes zugeworfen haben. Ja, wirklich! Ach, dä hat noch viel mehr ausbaldowert, woer doch nun einma an forschen wa. Z. B. hat dä soga rausgefunden, datt de thematischen Inhalte, wenn de Bärkes so an kommunizieren sind, vonne Faabe der Viecher abhängen tut.
So sollen die orangefarbenen sich am liebsten über Leib- und Seelenprobleme unterhalten haben. Toll, watt?
De hellroten Bärkes dagegen taten sich lieber inne Morgendämmerung dichterischen Ausdrucksformen bedienen.
Is datt nich zum beömmeln?
De weißen Bärkes sollen ganz simpel über Blumenkohl und Kolrabi geplaudert haben.
Abba getz kommt et, de dunkelroten Bärkes, und datt soll ma einer glauben, die sollen ihre Mitteilungen mit gemalte rote Rosen verschönert haben.

Da packse dich doch anne Kopp, ne?
Und getz kommt watt, watt interessant iss: Unter de Bärkes gibbet soga auch Nörgelers, und datt sind die, na, mit wat vonne Fabe – na? na? – datt sind de Grünen. Kommt einen doch irgenzwie bekannt vor, oder? Is doch bei datt Bärkes-Leem genau wie bei datt Menschn-Leem. Abba die sollen sich ja schon gebessert ham, wollen ja schließlich mit an Ball bleiben...
Wenn dä Tommy dä Atikkel gelesen hät, tät dä vielleicht nie mehr in Fernsehn sagen: „Grad isser auffe Welt und schon isser widda weg." – Wenichstenz watt de grünen betrifft, mein ich.
Und getz muss man sich die kleinen bunten Dinger mal vorstellen, wenn man die essen tut, wie die sich in Bauch an anpflaumen sind, wie die an dichten und an nörgeln sind und ihre Papierschwalben so durche Därme fliegen lassen.
Getz weiß ich auch, warum mich dä Bauch immer so weh tut, wenn ich von die Viecher welche gegessen hab.
Wer noch mehr über de Gummibärkesforschung wissen will, der findet datt, so stand datt inne Zeitung, unter:
Gummibären-Homepage
der Universität Bonn
www//http.psychologie.uni bonn

**G**estern bein Frühstückstisch – sitz ahnungslos mitte de Zeitung inne Hand, beiß mit Schmackes in datt Mohnbrötchen mit mittelalterlichen Holländer drauf, und da passiert et: De eine Hand anne Kaffetasse, mit de andere wa ich de Zeitung an umblättern, da sah ich plötzlich dicht vor meine Augen en Krokodil, datt watt ganz weit dä Rachen aufsperrte.
Ich weiß nich, ob getz dä Schreck oder dä Mitmachreflex dä Auslöser wa, datt ich ebenfalls dä Rachen ganz weit aufreißen tat. Natürlich fiel allet aus mein Mund auf datt Tischtuch.
Dä Matthes seine Augen wurden ganz groß, alser de Bescherung auf datt Tischtuch sah und dann riss er auch dä Maul auf. Da wa zum Glück nix drin, abba enne ganze Weile saß dä da mit dä offene Mund. – Bei dem waret bestimmt dä Mitmachreflex, glaub ich.
Dä Anblick von datt Biest, dä wa schrecklich. Und da las ichet. Über datt Krokodil stand in ganz fette Buchstaben: „Überlebt im Krokomaul,"
Ich weiß, datt einen nix passieren kann, wenn man de Hand inne Krokotasche steckt, aber bei dä Gedanke an son echtet Krokomaul gruseldet einen doch, oder?

Datt is doch dä reinste Alptraum. Bis dich in Urlaub an son Gewässer schön an frisch machen, aufeima hasse en appet Bein oder en appen Am. Und wennet nur datt wa, könnze sagen, datte Glück gehabt hass. Et kann ja auch schlimmer kommen. Und damit mich datt nie passiern tut, hab ich en Buch gekauft, datt heißt „Überlebenshandbuch für schlimmste Fälle". Son Ratgeber soll in kein Gepäck fehlen, stand inne Zeitung, irgendne Katastrophe könnt immer ma kommen.

Sollte vielleicht grad einer enne Reise gebucht haben, wo Krokodilsberührung nich ausgeschlossen is, dä soll sich ja dä Abschnitt „Wie hilft man sich in Krokodil-Rachen" durchlesen.

Also, für den Fall, datt datt Buch grad vergriffen is, stand da Folgendes: Mit beide Fäuste immer auffe Schnauze und auffe Augen hauen.

Iss man abber schon in Rachen drinn, dann immer kräftich reintreten, immer kräftig reintreten, damit kann man dä Würgevorgang auslösen.

Beginnt datt Krokodil abber seine Beute zu schütteln und zu zerkleinern, soll man sich nur noch dadrauf konzentrieren, dä Ober- und Unterkiefer vonne Bestie zusammen zu drücken, um et damit anne Beißbewegung zu hindern.

Wie datt allerdings gehen soll, wenn man dadrin steckt, weiß ich nich, datt stand auch nich da. Oder ich muss watt falsch vastanden haben.

Ja, und dann stand da noch: Sollte man datt Glück haben, sich ohne größere Schäden außen Schlund von datt Biest zu befreien, raten de Verfasser von datt Buch, en Arzt aufzusuchen, weil die Viecher ja unheimlich viele Bakterien inet Maul haben.

Also, datt mich ja keiner fährt, ohne datter sich datt Handbuch gut durchlesen tut.

„**M**ichelangelo sein David, Dä strahlt getz wieda in neuen Glanz, steht hier. Haste datt schon gelesen?"

„Du has dich doch datt Blatt sofort genommen, wie kann ich datt denn schon gelesen haben?"

„Kumma, hier iser abgebildet. Ganz nackich. Is ja en staatse Kerl – dä David, mein ich. Dä Michelanscholo oder wie dä heißt, dä hat sich wohl nich blicken lassen, dä glänzt nur in Abwesenheit".

„Meine Güte, Änne, mit die Bildung da hasset et abba wirklich nich so. Dä Michel dä hat den David doch erschaffen, datt wa en Künstler. Abba datt wa vor 500 Jahren."

„Meine Güte, dafür sieht dä abba noch gut aus."

„Ja, nachdem se den gereinicht haben. Den hättze ma vorher sehen sollen."

„Ach, wattemal, hier steht et ja auch – ne Feuchtbehandlung mit Schlamm hamse annem gemacht. Datt is ja toll! Datt muß man sich merken! Dä sieht ja widda jung und schön aus. Allet an dem is so stramm und knackich. Mannomann, datt is ne super Sache. Meinze, datt du auch ma sonne feuchte Schlammbehandlung machen könnz? Wenichstenz ma ausprobieren. Vielleicht tut dich datt ja gut. Watt hälze denn davon, Matthes? Son bissken frischen Wind int Alter bringen. – Datt wär doch watt, oder? Meeensch, sach doch ma watt...! Naja, datt würd ja sowieo nix nützen. Datt wär echte Vaschwendung..."


**Da** hat man doch in Amerika entdeckt, datt datt, wenn man unmusikalisch iss, anne Gene liegen tät. Da fehlte eim einfach nur watt dran.
Et wär abber falsch zu denken, datt alle die, die meinen, se wären unmusikalisch, datt denen datt naturgemäße Talent fehlen tät. Nä, nä! Et könnt nämich auch sein, datt de Eltern vagessen hätten, de Gören de Flötentöne beizubringen. – Datt würd dann widerum heißen, datt de Gene doch alle da wären.
Also, nur nich gleich datt Schlimmste denken, sondern – üben, üben, üben...


**Da** wundert man sich imma widda, watt so manche für varückte Ideen haben. Da haben doch zwei in Amerika eine neue Geldquelle entdeckt. Die machen getz in Kloschüsseln. – Nää, nich datt, watt ich auch zuers gedacht hab. Nä, nä, datt iset nich. Die sammeln die ausgedienten Dinger, und ob ihr dat glauben wollt oder nich, die machen damit ech-

te Kohle, die sollen soga reißenden Absatz finden
– die Dinger mein ich.
Manche sind ja echt clever, die machen aus –
Sch... Sch... na ja, ihr wisst schon, watt ich mein –
da machen die Geld draus.
Ganz doof hatte datt angefangen mit die Pötte.
Zwei Installateure waren die Arbeitszeit an tot-
schlagen und haben gewettet, wer wohl die Stin-
kedinger an weitesten schmeißen tät. Die haben
mit de Zeit so richtigen Spass dadran gekricht und
richtich starke Mukkis.

Datt is soga inzwischen en echten Volkssport geworden.

Sieht sicher komisch aus, wenne nach dein Sportplatz gehs mit en Rucksack aufen Rücken, wo oben dein Schitt-Pott rauskuckt. Datt is doch wohl orntlich gewöhnungsbedürftich. – Kann abba auch praktisch sein, wenne ma in Vadrückung bis, mein ich, oder?
Nu is dä Virus abba auch auf unser Land übergesprungen. Da könnt man sich doch so richtich verscheißert fühlen, wenn datt nich neulich inne WAZ gestanden hätt.
Da gibbet nämich irgenzwo en Museum für Alphörner auße ganze Welt – und da steht en Kloschüssel-Alphorn. Datt Alphorn nämich soll, so stand datt inne Zeitung, en besonders schönen dumpfen Klang haben. Datt is abba auch datt einzige, watt ich glauben tu – denn dä Ton kennt doch jeder, wenner dadrauf sitzen tut, oder…?

Von Etti Ruhöfer im selben Verlag bereits erschienen:
**Damit Erinnerung nicht verloren geht – Fragmente eines Lebens** (September 2015) und **Geschichten für zwischendurch** (November 2015)